TAKE
SHOBO

国王陛下は最愛の令嬢と息子に癒やされたい

御堂志生

Illustration
旭炬

JN201073

蜜猫
MitsuNeko

contents

イラスト／旭炬

国王陛下は最愛の令嬢と息子に癒やされたい

プロローグ　罪なる夜

夜ごと、王宮を照らす月の光――。

だがあの夜は分厚い雲に遮られ、最奥にある王族の居室にまでは届かず……ふたりの秘めごとは、夜の闇に覆い隠された。


――降り始めた雨が、中庭の薔薇を濡《ぬ》らしていく。雨足はしだいに激しくなり、やがて、花開く前の蕾《つぼみ》すら落とす勢いで、地面を叩《たた》き始めた。

「……やっ……あっ……」

雨音を縫うようにして、切ない声が王太子の寝室に広がる。

そこは、〝新婚夫婦〟のために設《しつら》えられた寝室だった。

だが、ほとんど使われておらず、真新しいリネンで整えられたベッドに、ジュリアは押し倒された。

ベッドの四隅に立てられたマホガニーの支柱、そこから上にたどると、見事な細工が施された天蓋が見える。……はずなのだが、今夜ばかりは燭台《しょくだい》に灯《あか》りが点《とも》されていないため、どれほど目を凝らしても天蓋の形すらぼやけてよく見えない。

ドレスの裾は、気づいたときには大きく捲《めく》り上げられていた。

ドロワーズの内股を結んだリボンも、あっという間にほどかれてしまい……そのまま、強引に脚を開かされる。

無防備になったその場所に、この寝室の主、ベネディクト王太子の欲情の滾《たぎ》りが押し当てられた。

「あ……あの……でん……か」

彼はジュリアの唇に人差し指を立て、

「ベネディクトだ。おまえには、名前で呼ぶことを許す」

優しい声でささやきながら、その手は彼女の銀色の髪《プラチナブロンド》を撫《な》でた。

月明りを浴びたときは、水晶のように煌《きら》めく髪。それが、闇の中では白いリネンに溶け込んでしまったかのようだ。

「ジュリア、おまえは……おまえだけは、私の味方でいてくれ」

このとき、ジュリアの中に葛藤が生まれた。

（これは……きっと、いけない行為だわ……お母様が知ったら、お嘆きになる。でも……殿下

のお力になりたい）

ジュリアは心の中から、亡くなった母の顔と神の存在を消し去り……。

「はい……殿下の……ベネディクト様の、お望みのままに」

刹那、ベネディクトのはち切れんばかりの雄身が、ジュリアの処女窟に押し込まれた。

「あうっ！」

その瞬間、彼女は未来の〝夫〟のために守るべき純潔を失った。

後悔はない。

だが、予想を超えた圧迫感に、ほんのわずかな時間、ジュリアは息を止めた。

直後――皮膚を力任せに引っ張られ、裂かれるような痛みが走った。尋常ではない痛みに、ジュリアは全身を震わせてリネンを握りしめる。

その痛みが少し楽になると、今度は異物を挿入された違和感に、無垢《むく》な躰《からだ》はなすすべなく戸惑った。

唇を噛《か》みしめていないと、悲鳴を上げてしまいそうで怖い。

（わたしが、声を上げて……もし、側近の方が駆けつけてきたら……こんなところを、見られでもしたら……大変なことになってしまう）

突き上げられ、そのたびにベネディクトの昂《たかぶ》りが胎内を往復する。華奢《きゃしゃ》な身体は大きく波打ち、揺らされながら、ジュリアは必死で耐えた。

「ジュリア……私のジュリア……」

情熱的な声で何度も、何度も名前を呼ばれ……そのたびに、ベネディクトの唇が彼女の唇を奪い……小さな悦びがジュリアの中に生まれた。

禁断の果実はこれ以上ないくらい甘くて、何も知らないジュリアを虜《とりこ》にしていく。

だがそれは、必ず終わりを迎えなくてはならない行為だった。ひとつになった身体を引き離される悲しみに、ジュリアの視界は涙で揺れる。

いつしか雨音は、ジュリアの耳には届かなくなっていた。

そのとき、ベネディクトの動きが止まった。白濁の飛沫《しぶき》が躰の奥に吹きつけられる。流れ込む奔流にジュリアは息を止め、彼の情熱をありのままに受け止めていた。

だがこれは、決して許されることのない情交。

なぜなら、ベネディクトには妻が……王太子妃がいるのだから。

たとえそれが、どんなに不幸な結婚だったとしても、結婚から二ヵ月も経《た》たずに妻が自国に戻ってしまったとしても、さらには、ふたりの婚姻無効を求められているとしても――。

そして――罪を犯した十六歳の少女に、神は罰を下された。

第一章　逃亡の果て

春——満開のマグノリアの花を見上げ、ジュリア・クレメンタイン・ランズベリーは小さく息を吐いた。

彼女は今、ランスの町にいる。

ランスは王家の直轄地でエクランド王国一の保養地だ。

首都ペイトン市から、半日馬車を走らせれば到着するという好立地で、近くには狩猟場もある。そのため、ほとんどの上級貴族がカントリーハウスを所有し、狩りのシーズンになると多くの人々が訪れていた。

だが、ランスの魅力は狩りだけでない。

ここには古代から良質な温泉が湧き出ており、病気や怪我《けが》の療養のため、身分を問わず大勢の人がやって来ることで有名な町だった。

庶民向けの宿《イン》や酒場《パブ》は首都以上に充実している。

爵位を持たない上流階級《ジエントリー》や、弁護士や医師を含む富裕層、中流階級《ブルジョワジー》の人々向けの貸し別荘も多く建てられていた。

ジュリアの雇い主、王宮医師のルーファス・コーニッシュもそんな中流階級のひとりだ。

今から六年前の秋の終わり、ルーファスは独断で母親の話し相手《コンパニオン》としてジュリアを雇ってくれた。

そのとき、ジュリアはわずか十六歳。五十代の女性の話し相手など心許《こころもと》なく、それ以前に大きな問題を抱えていた。だが、彼女には頼る親もなく、ルーファスの恩情に縋《すが》る以外、生きる道はなかったのだった。

一方、タバサも――話し相手が必要な生活はしていないし、第一そんな身分ではない、と最初は断ったが、ジュリアをひと目見るなり、優しく受け入れてくれたのである。

タバサは亡くなった夫とグリーンタウンが大好《だいす》きで、ひとり息子の自慢話を日課にしている、気のいい女性だ。彼女は一度もグリーンタウンから出たことはなく、出るつもりもなかったのだが……。

彼女はこの冬、何気ない動作で腰を痛めてしまった。

ルーファスに相談したところ、腰の痛みには温泉療養が一番いいという。彼はいろいろ不満を言うに違いないタバサのことを見越して、早いうちから立派な貸し別荘を用意してくれたのである。

さらには、大きな別荘なので人手が必要だろう、と言い、複数の女中《メイド》を雇う段取りまで済ませたと言われたら……さすがのタバサも断ることはできなかった。

当初、タバサの話し相手として雇われたはずのジュリアだが……。

今では、ほとんどすべての雑用をジュリアがこなしている。掃除、洗濯、料理から買い物まで、まさに雑役女中《メイド・オブ・オールワークス》といってもいい。

今回の療養にあたっても、ジュリアひとりでお世話するつもりでいた。

到着しだい、場合によっては女中の数を減らそうと思っていたのだが……この貸し別荘は、本当に広かった。

二階建てで地下と屋根裏部屋もあり、寝室だけで六つもあるのだ。

(きっと、裕福な方がご家族連れで滞在されるための貸し別荘なのでしょうね。ドクター・コーニッシュはお母様思いだから……でも、ひとりじゃ絶対に無理だったわね)

少しでもゆったりした療養生活を送ってほしいと思い、腰を痛めた母親のために立派な別荘を借りてくれたのだろう。

それにこの別荘は町の中心部から離れていて、とても静かだ。

すぐ近くの森には、自然の中に作られた浴場がある。そこは療養所なので、公共浴場と違ってきちんとした資格を持った医師の紹介状がなくては入れない。しかも男子禁制になっていて、年配のご婦人たちのちょっとした社交場だった。

そこでタバサは、〝高名な王宮医師ドクター・コーニッシュの母親〟として一目をおかれている。

最近はグリーンタウンの話題を出すことも少なくなり、ご機嫌な毎日を送っていた。

「ジュリア、ジュリア、どこにいるの？」

今日も午後から浴場に出向くことになっており、同行するジュリアは午前中に家事を済ませようと走り回っている。

そんなときタバサに呼ばれ、捲り上げた袖を戻しながら、ジュリアは慌てて駆けつけた。

「申し訳ありません、洗濯場《ランドリー》におりました。奥様、どうかなさいましたか？」

「ええ、ジャクリーンの――ミセス・ブラウンのお使いの人が来られてね、ぜひ、昼食をご一緒にって」

ジャクリーン・ブラウンはドクター・ブラウンの未亡人だ。内科医をしていた夫が亡くなり、首都の家を引き払って、このランスで暮らし始めたという。

同年代の未亡人同士、それも亡き夫が医者という繋《つな》がりもあり、タバサが一番親しくしている気さくなご婦人だった。

「承知いたしました。では、お出かけ前にお着替えなさいますか？」

「あら、着替えならチャッチャッと済ませちゃったわ。だって、もう馬車を寄越《よこ》してくださってるのよ。お待たせしちゃ悪いでしょう？」

タバサはボンネットをかぶりながら、屈託なく笑う。

ジュリアもつられて笑顔になる。この辺りの気軽さは、貴族とは違うものだ。

するとタバサはジュリアの手を握った。

「ジュリア、たまにはあなたも一緒にどう？　まだ若いんだもの、外に出て楽しんでもいいと思うのよ。クリスのことは――」

「いえ。どうぞ、お気遣いなく。奥様は楽しんで来てください」

とっさに断り、ジュリアは深々と頭を下げた。

タバサのもとで働くようになり、ジュリアはいつも洗濯女中《ランドリーメイド》用の白くて大きなキャップをかぶっている。

理由は……母親譲りの見事な銀髪を隠すためだった。

ジュリアの長い髪は、太陽の光に翳《かざ》すと、淡く透明な金色にキラキラと煌めく。月の光を浴びると、一転して真珠色に艶《つや》めいて見えた。

ほんの短い間だが、王宮で女官見習いをしていたときも、この珍しい髪のせいでいろいろと言われたものだ。

だからこそ、グリーンタウンでは目立ちたくなかった。

ただ、静かに暮らしたくて、髪を大きなキャップの中に隠し、できるだけうつむいて、誰とも親しくなり過ぎないようにした。

ルーファスはもちろん理解してくれたが、タバサにすれば、年月が経つごとに納得できなくなっているらしい。

ジュリアは玄関でタバサを見送ると、急いで洗濯場に戻った。

すると、女中たちの甲高い笑い声が聞こえてきた。

臨時雇いの女中たちはジュリアの目がないと、たちまちおしゃべりに夢中になる。仕事のことなど忘れてしまうのが困りものだ。

かといって、ジュリアより年上の女性ばかりなので、そう強く言うこともできない。

「あ、すみませーん。今ちょっと休憩中なんです。あとでやっときますから」

「わかりました。じゃあ、洗いのほうは任せますね。リネンは干すだけなので、おひさまの高いうちに、わたしが干しておきますから」

ジュリアがそう答えると、彼女たちは「はーい」と声を揃《そろ》えた。

貸し別荘の庭には、今を盛りとばかりにマグノリアの花が満開の枝を揺らしている。それを見ていると、初めて王宮に上がった日のことを思い出す——。


ジュリアは、十六歳の誕生日を数日後に控えたある日、両親を一度に失った。

雪道で凍った轍《わだち》に車輪を取られ、道に沿うように流れる川に馬車ごと落ちてしまったのだ。

馬車を操っていたのは父だった。

その日まで、彼女はランズベリー男爵令嬢として幸せに暮らしていた。エクランド王国の最北にあるわずかばかりの領地で、使用人もろくに雇えない貧しい生活ではあったが。

父は七代ランズベリー男爵、ブレット・アルジャノン。母は教区教会、ナイセル牧師の娘、ジョージナ・クリスティーンといった。

ただ残念なことに、ランズベリー男爵の特許状《レターズ・パテント》には、女性の継承について許可されていなかったのである。

そのため両親は、将来ジュリアが結婚して男の子を産んだら、その子供に継承させたいと願っていた。

(それも、もう……難しくなってしまったのだけど)

ジュリアは少し背伸びしながら、木の間に結んだ麻縄に白いリネンをかける。

信託財産もなく、後見人もおらず、十六歳のジュリアは住む家すらなくなった。途方に暮れても無理はない。

そんなとき、遠縁の伯爵夫人から、

『ベネディクト王太子殿下がこの春、お妃様をお迎えになるのはご存じでしょう？　若いお付きの女官を探しておられるそうなの。身元が確かで、きちんと教育を受けているレディがいいのですって。ミス・ランズベリーに、ちょうどいいのではなくて？』

まずは見習い女官から、という話にジュリアは飛びついた。

今の時代、下級貴族くずれの娘にできる仕事は少ない。家庭教師《ガヴァネス》か、レディの話し相手《コンパニオン》、という二択が実情だ。

数少ない椅子を争うためには、ジュリアの十六歳という年齢は大きな問題だった。

家庭教師としては頼りなく、子供の遊び相手を務めるには歳を取り過ぎている。ましてや、雪の精霊のようだと言われた母譲りの容姿。夫を、息子を、誘惑されては困る、と女主人に思われたら……仕事など永遠にみつからないだろう。

残すところは——働くには未熟な年齢と邪魔になる容姿、そして、将来息子に与えられる男爵の称号を武器にすることで、結婚相手を探すくらいか。

実際、結婚話はいくつかあった。

だが持参金もないジュリアを妻にしようという男性は、裕福だが爵位はなく、しかも彼女よりはるか年長の男性ばかりで……。

(皆さん、豊かな暮らしを約束してくださったけど……そんな結婚はイヤ。だって、お父様とお母様みたいな夫婦になりたかったんですもの)

下級貴族とはいえ、男爵家の後継者と牧師の娘。ジュリアの両親は、決して釣り合う身分とは言い難かった。それでも父は母を愛し、母もその愛に応えたのだ。ジュリアにとって理想の夫婦といえよう。

だが、理由はそれだけではなかった。

社交界デビューもしていないジュリアにとって、首都ペイトン市は憧れの土地。その中でも国王一家がお住まいの王宮は、ペイトン市の——いや、エクランド王国の中心、この国で最高に輝かしい場所だと思っていた。

その王宮で働くことができる。

十六歳のジュリアが、見習いとはいえ〝王太子妃付き女官〟という華々しい肩書をもらい、王宮で王太子夫妻にお目通りが叶《かな》ったのが、婚礼から三日後のことだった。

王宮にある拝謁の間から、白いマグノリアの花がよく見え——。


ジュリアが花びらを一枚拾い、ボーッとみつめていたとき、

「ジュリアさーん！　ジュリアさーん！」

自分を呼ぶ声に、ジュリアはハッと顔を上げる。

その声は先ほどの洗濯を手伝ってくれたふたりではなく、独身で愛想がよいということもあり、客間女中《パーラーメイド》の役目をしてくれているマーギーではないだろうか？

ジュリアがそんなふうに考えたとき、屋敷から干し場に向かって駆けてくるマーギーの姿をみつけた。

彼女は大きく目を見開き、とんでもないものを見た顔つきだった。

「マーギー、何かあったの？　まさか、クリスに何か……」

「お、お客様なんですけど……なんか、貴族様らしくて……男の人がひとりで、それも馬で乗りつけてきて、あたし、どうしたらいいのか」

「まあ、貴族の男性⁉」

それにはジュリアも声を上げた。

貴族階級の男性が、招待もされずに一般家庭のドアを叩くことなど、まずあり得ない。ましてや従者《ヴァレット》のひとりも連れていないのは不自然だ。そういった場合の多くが、貴族の名前を騙《かた》る男性——ようするに詐欺師だ。

「お名前はなんておっしゃるの？　ご事情はお聞きした？」

「えーっと、ショーン・ウォルフォード様、だったかしら？　公爵家の血縁とか言われるんだけど、よくわからなくて」

マーギーはサラッと口にするが、ウォルフォード公爵家といえば先代国王ジェームズ二世の妃であり、現在はクローディア王太后と呼ばれる方の実家にあたる。

爵位を名乗らず、血縁者という辺りが詐欺師の手口に思えなくもないが……。

もし、本物だとしたら、迂闊《うかつ》に名乗れないくらい高位の貴族という可能性もある。仮に爵位は持たずとも、なんらかの名誉職を得ていることも多い。そんな男性を待たせた挙げ句、ろくな応対もできなかったとしたら、後々、ルーファスに苦情がいき、迷惑をかけてしまうかもしれない。

ジュリアが考え込んだとき、

「あ、そうそう、キツネ狩りで従者と離れて、一緒だったお友だちが怪我されたとか……」

この貸し別荘近くの森と、狩り場を挟んで反対側にも森があった。貴族を名乗る男性は、そこに友人のカントリーハウスがあり、キツネ狩りの目的で滞在しているという。

シーズン終盤ということもあり、なかなか獲物が見つからず、つい深追いしてしまい……しかも、途中でその友人が落馬し、療養所の看板を見つけて医師に手当てを頼んだが、似非《えせ》紳士の扱いで追い出されてしまったと、マーギーには話したらしい。

「なんでも、ドクター・コーニッシュの知り合いで、こちらの奥様とも面識があるそうです。だから、森の療養所まで同行して、身元を証明してほしいって」

彼女の説明を聞くうちに、ジュリアの歩幅はしだいに小さくなった。

但し、鼓動のほうは……トクン、トクンと、激しくなっていく。

(ショーン……ウォルフォード？　それって、まさか⁉　いいえ、そんなはずがないわ。そんなこと……だって、あの方は……でも、ドクター・コーニッシュと親しいって)

応接間《ドローイング・ルーム》を前にして、ジュリアの足は完全に止まってしまった。

「あ、あの、ジュリアさん？」

身分に関係なく、大勢の人がこのランスの町に集まるといっても、やはり階級ごとに過ごすエリアは分かれている。

貸し別荘地をはじめとして、宿屋や公共浴場があるような場所に、貴族階級の人間が立ち入ることはない。もちろん、中流階級やそこで働くジュリアのような人間が、貴族のカントリーハウスが並ぶ場所に足を踏み入れる理由もなかった。

だからこそ、自分さえ気をつけていれば、首都に近いランスの療養に付き添ったとしても、見知った顔に会うことはない、と思っていた。

それでも念のため、出歩くときはキャップのほかにショールもかぶって顔を隠し、その回数も極力減らしてきたのだ。それが、まさか、ジュリアを知っているかもしれない人間のほうから、この別荘にやって来るとは……。

「ちょ、ちょっと、ジュリアさん？　顔が、真っ青ですよ。大丈夫ですか？」

「え、ええ……ねえ、マーギー、そのショーン・ウォルフォード様って、いくつぐらいの方？　年齢とか、髪の色とか、背の高さとか」

廊下の隅に寄り、ジュリアは早口で尋ねる。

そんな彼女に気圧《けお》されたのか、マーギーは首を傾《かし》げながら、懸命に思い出そうとしてくれているようだ。

「えーっと、ですね……三十代後半？　ひょっとしたら前半かも。髪は黒です。背はすっごく高くて……ああ、そうそう、あたし、貴族様っていったら小柄でひょろっとしてるって思ってたから、体格がよくってびっくりしました。顔は、ですね……美男子だと思うんですけど、なんか怖くって……ちゃんと見られませんでした」

「そ、そう……」

「あ、でも、最初に顔を見たとき、目を見たんです！　とっても綺麗《きれい》なブルーでした。まるで宝石のような」

マーギーは手を胸の前で組み、夢見る乙女のように呟《つぶや》く。

まるで宝石のような綺麗なブルーの瞳――その単語を聞いた瞬間、ジュリアの脳裏に浮かんだのは、透き通った高貴な青《ロイヤル・ブルー》と呼ばれる瞳を持つひとりの男性。

ジュリアは慌てて頭を振り、そんなことはあり得ない、絶対にない、と口の中で繰り返した。

「あの……」

「マーギー、ごめんなさい。その方のお相手をしていてくださる？　わたし、ミセス・ブラウンのお宅まで行って、奥様を呼んでくるわ」

「無理、無理ですよ、そんな……貴族様のお相手なんて……本当だったら、顔を合わせることもない人ですよ。それに、男の人とふたりっきりなんて、絶対に無理ですっ‼」

マーギーは庶民向けの宿屋の末娘だった。愛想がいいのはそのためだ。愛嬌もあって客あしらいも上手い。ただ、姉たちに比べてふっくらしており、そのせいか、なかなか嫁ぎ先が見つからないらしい。普段は宿屋の手伝いをしている彼女が、期間限定とはいえ、外に働きに出たのは結婚相手を探す意味もあったという。

だが、その相手はあくまで同じような商売人の息子。

間違っても貴族の男性の目に留《と》まったり、恋に落ちたりするわけにはいかない。そんなことになれば、不幸になるのは目に見えている。マーギーの周囲にも、煌《きら》びやかな世界に憧れ、過ごすエリアを踏み越えてしまったばかりに、不幸になった女性も数多《かずおお》くいるらしい。

だからこそ、貴族の男性を警戒するマーギーの気持ちはよくわかるのだが……。

このときばかりはジュリアにも、応接間のショーン・ウォルフォードと名乗る男性と、顔を合わせられない理由があった。

(違う、かもしれない。全くの別人かもしれないけど……でも、もし、想像どおりの方だったとしたら?)

ジュリアはうつむき、グッと奥歯を噛みしめる。

あらためて顔を上げ、マーギーにふたたびお願いしようとしたとき――。

「いったい、いつまで待たせる気だ⁉　怪我人《けがにん》が森の療養所で私の帰りを待っている。ミセス・コーニッシュに取り次いでくれるだけでいい。ここの使用人はそれすらもできないのか⁉」

突然、背後から声をかけられ、ジュリアの全身が凍りついた。

聞き覚えのある、よく響く低い声だった。薄絹のように首筋に絡みつき、じわりじわりと締め上げてくる。

息をするのも苦しくて、ジュリアはごくりと唾を呑《の》んだ。

「おまえがこの屋敷の家政婦《ハウスキーパー》か？　ドクター・コーニッシュがこの別荘を借りたことは知っている。これ以上、時間を取らせるなら、治安判事のもとに駆け込むことになるぞ」

脅迫めいた言葉を聞いたとき、ジュリアの中に過去が甦《よみがえ》り……背筋がゾクリとする。

治安判事を巻き込めば、彼は正式な身分を名乗らなくてはならない。その場合、彼を拒否した人々になんらかの罰が与えられるかも……。

そんな意味に違いないはずなのに、別の想像をしてしまう。

――おまえの正体はわかっている。下された罰に従わず、逃げ出した罪を償わせてやる、と。

「あ、あの、ジュ……」

「マーギー‼　あなたが、ミセス・ブラウンのお宅まで行って来てくださる？」

名前を呼ばれたくなくて、ジュリアは慌ててマーギーの言葉を制した。

だが、マーギーのほうはホッとしたようだ。

「は、はいっ！　すぐに行って来ます‼」

彼女は勢いよく頭を下げ、そのまま、跳ねるように裏口に向かって行く。

ただ、ジュリアは最悪なことに、彼とふたりきりになってしまった。だが、いつまでも黙り込んでいるわけにはいかない。

キャップの前を引き下ろしながら、ジュリアはさらにうつむいた。

「お聞きになったとおり……奥様は、ミセス・ブラウンのお宅です。今、迎えに行きましたので……もうしばらく、応接間でお待ちくださいませ」

できる限り気取った声で、家政婦らしく堅いしゃべり方をしたつもりだ。

だが、握りしめた両手が小刻みに震え……ごまかしきれたかどうか、今ひとつ自信がない。

ジュリアの言葉に、彼はひとことも返すつもりはないようだ。そのまま、沈黙のときが流れる。ジュリアは顔を上げることはおろか、微動だにできなかった。

直後、彼の口から思いがけない質問が投げかけられる。

「名前は？」

「……」

「おまえの名前を聞いている」

まさか、ただ名前を問われただけで、拒絶するわけにもいかない。

ジュリアはとっさに思いついた名前を口走った。

「ク……クレメンタイン・ナイセル、と申します」

刹那——男性の口から弾《ひ》かれたような笑い声が飛び出した。しんとした空気をかき混ぜるような大笑に、ジュリアのほうが戸惑ってしまう。

なぜ笑うのか、その意味を尋ねたいが、それでは彼の顔を見なくてはならない。

（ダメよ……ダメ。絶対に、顔を上げてはダメ）

「わたしは、何か、おかしなことを言いましたでしょうか？」

「いいや。なるほど、クレメンタインか——寛容を意味するいい名前だ」

トクンと胸が高鳴った。

同じ言葉を聞いた覚えがある。

それは、たしか……。

鼓動はしだいに駆け足になり、ジュリアは自分が大きなあやまちを犯したかもしれない、と思い始めたとき——。

ふいに、彼は身を翻《ひるがえ》した。

「あ、あの、応接間に」

玄関に向かう彼の背中に声をかけるが、足を止める気配はなかった。

「先ほどの娘と一緒に、ミセス・ブラウンとやらの家に行こう。ミセス・コーニッシュの帰宅を待つより、そのほうが早い」

「でも、ミスター、いえ、サー、じゃなくて……公爵閣下」

「どれも違う。それに、おまえの話を聞く時間はない」

冷ややかな声だけが投げつけられる。

たしかに、マーギーの後を追い、ジャクリーン・ブラウンの家まで行くのが一番手っ取り早いだろう。

それ以上に、彼とふたりきりにならずに済むなら、ジュリアにとっても何よりだ。

だが、マーギーは貴族の男性とふたりきりになることに怯《おび》えていた。

「あの……マーギーは未婚の女性です。彼女の評判に傷がつくようなことだけは」

顔を上げて訴えようとして、彼の足が止まったことに気づく。

ジュリアは慌てて、首が折れるほどうつむいた。

「この私が、使用人に不適切な真似《まね》をする、と？」

「……」

ジュリアにはどんな返事もできなかった。

「ならば、おまえはどうだ？　私がここに残れば、おまえの評判を傷つけるのではないか？」

「わたしは……未亡人ですので……」

「――よく、わかった」

それは喉を潰すような、お腹《なか》の底から吐き出した声に聞こえた。何がわかったのか、ジュリアには恐ろしくて尋ねることもできず……。

彼はふたたび歩き始め、そのまま玄関から出て行ったのだった。

気配が消え、ジュリアの口から安堵《あんど》の息が漏れる。同時に、温かな涙が込み上げてきて、彼女の頬《ほお》を伝い落ちていった。

六年前――十六歳で家族を失い、住む家すら失ったジュリアより、孤独な男性がいた。

王家に生まれ、大勢の人に傅《かしず》かれ、美しい公女を妻にしながら……彼はどんな悩みも苦しみも、無表情の内側に隠して生きてきたのだ。

天鵞絨《ビロード》のように艶めく漆黒の髪、青い瞳に高貴な色を宿し、高く整った鼻筋や形のよい唇は左右対称で、それはまるで彫像さながら計算された美しさに見えた。

だがそれ以上に、王族として国家と国民を守り、神の教えに正しくあろうとする気高さに、ジュリアは心を奪われた。

その方の名前は、ベネディクト・ショーン・エディントン。

ジュリアの仕えるカトリーナ王太子妃の夫、エクランド王国の王太子だった。

☆　☆　☆

「ミス・ランズベリー‼　その姿は……いったいどうしたというのだ？」

王宮の廊下で王太子ベネディクトの姿を見かけ、ジュリアは慌てて端に寄った。なるべく目立たないようにしたつもりだったが……。

ベネディクトは頭からミルクを滴らせているジュリアの姿に気づいてしまったらしい。

その日は、王宮で女官見習いを始めてから、ちょうど十日目の朝だった。

ジュリアに与えられた役目は、カトリーナの私生活を補佐すること。

公的な場所では王太子妃付きの女官長、ケイシー・メリガンがその役目を務める。他にも数人の女官がケイシーに従っていた。

だが、私生活においては……カトリーナはヘームスケルク公国から連れてきた侍女を傍《そば》から離そうとしなかったのだ。

緑豊かな森林や草原、長閑《のどか》な田園風景の広がるエクランド王国と比べ、ヘームスケルク公国は厳しい山岳地帯が国土の九割を占めている。当然、気候が違うので、食べ物から服装、生活習慣も違う。

母国の侍女は最小限にとどめ、ペイトン市での暮らしに慣れてもらうためにも、と多数の女官と女中を配置したというが……。

ジュリアが王宮に入ってから、すでに半数以上の女官たちが出て行ってしまった。

『実はね、妃殿下が我が国に入られてから、あなたが来るまで半月くらいの間にも、三人の女官が辞めてしまったのよ。とくに若い女官は勤まらないようね』

そう話してくれたのは女官長のケイシーだった。

ケイシーは二十代後半。下級貴族として生まれ、十代後半で五十代の子爵の後妻に入った。

ところが、結婚からたった二年で未亡人になってしまう。彼女には子供もなく、前妻の子供が婚家を継いだため、わずかな手当で追い出されてしまったのだ。その後、王宮女官の職を得て、王太子の結婚により女官長に抜擢《ばってき》されたという。

華やかさはないが、真面目な仕事ぶりとお堅い性格が王妃クローディアの目に留まり、厚遇されている、と王宮に入ってすぐ耳にした。

『あなたは辞めても帰る家はないのでしょう？　王宮勤めは、女がひとりで生きていける数少ない仕事です。つらいことがあっても、しっかり頑張るのよ』

下級貴族出身という出自が似ているせいか、ケイシーは未熟なジュリアのことをよく気遣ってくれた。

カトリーナの前に出る役目を与えてくれたのも、この気難しい王太子妃に気に入られたら、ジュリアの未来が約束されたものになる、と思ったからだろう。

だが、カトリーナは手強《てごわ》かった。

今朝も、三日続けて牛のミルクが朝食に添えられていることを知り、

『私の国では山羊《やぎ》のミルクしか飲みません！　何度言えばわかるの⁉』

『もちろん、わかっております。ですが、王妃様が牛のミルクは滋養によいので、ぜひ、カトリーナ様にも好きになっていただきたい、と』

一日目、カトリーナは朝食も食べずに席を立った。

二日目はミルクの入ったグラスを床にぶちまけ……。

そして三日目、カトリーナはミルクの入ったグラスを手に取り、ジュリアの頭の上でひっくり返したのだった。

エクランド王国では山羊のミルクは飲まない。匂いに癖があるため、とくに王侯貴族をはじめとした社交界では避けられている。

しかし、山岳地帯に広がるヘームスケルク公国では違うらしい。

カトリーナの母国は小さな公国だ。ただ、エクランド王国の敵対する国と国境を接し、しかも公国の山岳地帯を通る街道は要所と言われていた。近隣諸国で和平を結ぶためには、大国であるエクランド王国が中心とならなくていけない。その一環として、両国は婚姻によって結束を固めた。

だがその地位は、あくまでエクランド王国が上位。

周辺諸国の脅威からヘームスケルク公国を守る、という条件も婚姻の契約書にしたためられている。

そんな中、些細《ささい》なこととはいえ、王太子妃に『山羊のミルクしか飲みません』などと言われては困るのだ。

ジュリアもそういった事情をケイシーから言い含められているため、クローディアへの報告も、朝食も食べずに席を立ったとは言えず……『飲み慣れていないため、すぐに好きになるのは難しい、とのことです』と、遠まわしな言葉にした。

そのせいか、

『では、少しでも早く慣れていただけるよう、毎朝、新鮮なミルクを用意して差し上げなくてはね』

クローディアはそんなことを言い始め――。

(まさか、頭からかけられました、とは言えないわ。でも、何も言わなかったら、明日の朝も王妃様はご用意くださるはず……もう、どうしたらいいの？)

そんなことを考えながら廊下を歩いていたせいで、ベネディクトに気づくのに遅れたのだ。下を向くと、ドレスから垂れたミルクで、赤い絨毯《じゅうたん》に染みを作ってしまっていた。振り返ると、その染みは点々と続いていて……。

「答えなさい、ミス・ランズベリー。女官は王宮の表廊下を歩くことを許されているが、それにふさわしい格好をしていることが前提だ」

ジュリアはビクッと肩を震わせ、縮こまりながらようよう答えた。

「そ、粗相を、してしまいました。カト……王太子妃殿下の朝食に添えるミルクを、こぼしてしまって」

初めて王宮に入ったとき、カトリーナのことは『王太子妃殿下』とお呼びするように教えられた。ところが、本人に向かって『王太子妃殿下』と呼んだとき、すごい剣幕《けんまく》で怒られ、『カトリーナ様』とお呼びするように言われたのだ。

ところが、今度はそれをベネディクトの前で口にしたとき、

『ミス・ランズベリー、その呼びかけは王太子妃に対して礼を欠いたものだ。改めなさい』

逆に叱責を受け、ジュリアは使い分けしなくてはならないことを学んだ。

「申し訳ございません。廊下を汚してしまい……すぐにお掃除を」

頭を下げるジュリアの横から、ひとりの男性が口を挟んできた。

「いやいや、聞いておりますよ。王妃様が勧めておられる牛のミルクを、王太子妃様が嫌がっておられる、と」

王太子の側近、ヒューゴー・オニオンズだ。

オニオンズ伯爵家の次男で、ベネディクトと年齢が近いこともあり、遊び相手として子供のころから王宮に出入りしていたと聞く。

見事な金髪をしており、柔和な容貌と人懐こい口調から、王宮で働く女性には人気があるらしい。

ジュリアにも、王宮に入った初日から親しく話しかけてくれた。

だが、田舎で慎《つつ》ましく暮らしていたジュリアにすれば、彼の派手な容姿やなれなれしい態度は決して好ましいものではなく……。

どちらかといえば、避けているといってもいい。

「昨日は床に捨てられたのでしょう？　今日は……さしずめ、見習い女官殿にぶちまけて鬱憤を晴らされた、といったところでしょうか」

ヒューゴーの口からそんな言葉が出て、ジュリアは驚いた。彼はジュリアを庇ってくれたのだろうが、いったい誰から聞いたのだろう。

ベネディクトは、カトリーナの所業を聞いたとたん、顔を曇らせた。眉根を寄せ、その端正な顔は、少しずつ苦悶に満ちた表情に変わっていく。

（ああ、殿下がお怒りだわ。ヒューゴー様も……庇ってくださらなくていいのに）

ジュリアは慌てて、

「いえ、そうではありません。わたしの……お務めの仕方が悪いばかりに、王太子妃殿下のお心を煩わせてしまって……本当に申し訳ございませんでした」

わずか十日、しかし、その十日でジュリアは気づいてしまった。

ベネディクトとカトリーナの関係は、普通の夫婦と違っているのではないか、と。

まず、新婚夫婦のための寝室でカトリーナが眠った様子がない。彼女は結婚前に滞在していた客間の寝室で今も休んでいるという。他にもある。食事も公式行事以外はすべて別だ。ふたりが同じ部屋で寛《くつろ》いでいるところすら、ジュリアは見たことがなかった。

そんな息子夫婦の状況を、国王夫妻は気づいていないのだろう。同じ王宮に住んでいるとはいえ、生活区域が離れていて、ほぼ接点がない。

侍従や女官の進言があれば別だが、

『ご夫婦のことはご夫婦にしかわかりません。王太子ご夫妻のご様子を、外の人間には話さないように。国王陛下のお耳に入れることも、好ましくないことです』

ケイシーは王太子妃付きの女官長として、そんな箝口令《かんこうれい》を敷いたのである。

皆、このままでは不味《まず》いのではないか、と思いつつ、誰も言葉にできずにいる。

ジュリアにしても同じだ。かといって、一番若く、様々な経験に乏しい彼女にできることがあるだろうか？

それでも、ただ、ベネディクトにカトリーナの言動を……率直に伝えることは、ふたりの関係を悪化させるような気がしてならなかった。

「あの……王太子殿下……きゃ⁉」

ふいに腕を掴《つか》まれた。

ベネディクトの手が彼女の腕に触れている。そんなことは初めてで、ジュリアは振り払っていいのかどうかもわからない。

そのまま引きずられるようにして、ジュリアはカトリーナがいる客間へと連れて行かれる。

「殿下……殿下……どうか、お許《ゆる》しください！　もう二度と、このようなことは」

「黙れ」

これまで、ベネディクトのほうから彼女に近づいてきたことなど一度もない。

ジュリアにしても同じだ。

ベネディクトは王族の一員、それも王太子――次期国王。どれほど見目麗しく、初対面の瞬間に心惹《ひ》かれた男性であったとしても……女官としての立場を逸脱したまなざしを向けることなど許されない。

たとえそれが尊敬や憧れに近い思いだったとしても……。

そのはずだったのに、掴まれた部分が火傷《やけど》しそうなほど熱く感じる。

身分もわきまえず、ベネディクトの横顔に見惚《みと》れていたとき、ジュリアはカトリーナのいる客間の中に引きずり込まれていた。

「カトリーナ、君に質問がある」

ベネディクトが声をかけたとき、カトリーナは窓際に立っていた。

亜麻色の豊かな髪を肩に垂らしたまま、彼女はゆっくりと振り返る。新緑を思わせる鮮やかなグリーンの目がきらりと光った。柔らかな綿モスリンのドレスは朝の光に透け、女性の自然な曲線を浮き立たせている。

エクランド王国の基準からは少しずれるが、カトリーナはとても美しい女性だと思う。

だが、コルセットをつけず人前に立つことは、レディにとってはしたないことだ。当然、ベネディクトは苦々しげな顔だった。

「まあ、あなたが私の部屋に来られるなんて、珍しいことね」

女らしい柔和な見た目に反して、どこか棘《とげ》のある言葉使いで彼女は答える。

新婚夫婦であるはずなのに、顔を合わせるだけで、どうしてこんなに緊迫した空気が漂うのだろう。

「ここは君の部屋ではないだろう？　国賓用の客間にいつまで……いや、それはともかく、今日は別の話がある。見習い女官のミス・ランズベリーにミルクを浴びせたのは君か？」

直接的過ぎる問いかけに、客間の空気がさらに薄くなった。

あまりの息苦しさに、ジュリアのほうが慌ててしまう。

（お、王太子殿下……そんなことをおっしゃったら、カトリーナ様がますますお怒りになってしまわれます）

理由はわからないが、カトリーナはジュリアに対して当たりがきつい。

女官の仕事を覚えようと、必死に頑張ってきたが、これ以上カトリーナの言動が厳しくなれば、このまま王宮勤めを続ける自信がなくなりそうだ。

案の定、カトリーナは冷たい視線をジュリアに向けながら、

「ミス・ランズベリーというのは、そこにいる愚図《ぐず》な女官のことかしら？　何度言っても、私の言うとおりにできないから、厳しくしつけただけよ」

容赦ない言葉をぶつけてくる。

反論することもできず、ジュリアが身体を竦《すく》めたとき、

「彼女は我が国の男爵家令嬢だ。充分な教育を受けた令嬢を、君のために女官として雇い入れた。しつけが必要なのは、王太子妃の立場をわきまえていない君のほうだ」

「なんですって⁉」

「君が私との結婚を回避したかったことは聞いている。だが、そろそろ諦めて公女としての責務を全うすべきではないか？　ミス・ランズベリーに対する態度を改め、母上を王妃として敬い、その厚意を受け入れるように。これは警告だ」

ベネディクトの辛辣な忠告に、一瞬でカトリーナの頬は真っ赤になった。

「警告ですって？　ええ、そのとおり、私はまだ、ヘームスケルク公国第一公女よ！　この私を王太子妃として扱っていないのは、あなたではないの⁉」

「カトリーナ！」

「あら、本当のことを言われて怒ってらっしゃるの？　それなら、さっさと済ませてしまったらどう？　今からでもけっこうでしてよ、王太子殿下」

カトリーナはやけに挑戦的な笑みを浮かべている。

ふたりの攻防はあまりにも激しく、客間は息苦しいどころか、見ているほうは迂闊に息もできない有様だ。

（カトリーナ様は……何をおっしゃってるの？）

この場にいるのは、ほとんどがカトリーナの侍女だった。

王宮女官はジュリアただひとり……ということは、エクランド王国出身なのはジュリアだけになる。

カトリーナがベネディクトを不当に非難しているなら、ジュリアは自国の王太子を庇わなくてはならないのだが……。

（おふたりが一触即発なのはわかるのだけど、いったい何を採《も》めておられるの？　そもそも、なんと言って王太子殿下を庇えばいいの？　ああ、ダメだわ、何も思い浮かばない）

おろおろするばかりで、ジュリアには言葉が出てこない。

一瞬、気色ばんでカトリーナを睨《にら》んだベネディクトだったが、すぐにいつもどおりの落ちついた表情を取り戻していた。

「やめなさい、カトリーナ。我が国の国教会は、性に奔放でふしだらな女性を認めていない。朝から、しかも人前で、男を誘うなど……君は恥を知るべきだ」

「まあ！　この国の国教会は、王族に対して修道士のような生活を求めているのね？　でも、夫の顔で命令したいのなら、夫の役目を果たしてからにしてちょうだい！」

カトリーナは一歩も引く気はないようだ。

これ以上言うと、さすがのベネディクトも怒鳴りつけるかもしれない。

ジュリアはふたりの言葉が途切れた瞬間、勢いよく頭を下げた。

「申し訳ございません！　このようなことは二度と起こしませんので、どうぞ、お許しくださいませ‼」

ふたりとも気勢をそがれたらしく、とくにカトリーナは大きなため息をついて、

「ええ、そのとおりね。すべておまえのせいだわ！　これ見よがしに、ベネディクトに言いつけるなんて……これだから、この国の女官なんて信用できないのよ」

吐き捨てるように言いながら、寝室の奥へと姿を消したのだった。


髪を洗い、新しいデイドレスに着替えて、ふたたびベネディクトの前に立った。

そこまで約二時間。時刻はもう昼近くなっていた。

呼び出された部屋は王太子の執務室だ。女官の立場では、まず出入りすることのない部屋なので、珍しくてついつい見回してしまう。

カトリーナが使っている国賓用の客間は、豪華さを前面に押し出した最高級の家具や調度品で揃えられていた。

それとは違い、執務室の内装は重厚かつ古風なものに統一されている。

中でも目につくのが、赤みを帯びた褐色に艶めくマホガニーの執務机。ここまで美しい赤褐色にまで変化するには、相当の年月がかかったに違いない。ベネディクトが腰掛けている黒い革張りの椅子も、貴重な机にふさわしいものだ。

ジュリアが部屋に入るなり、ベネディクトはその椅子から立ち上がった。

「よく来てくれた、ミス・ランズベリー。まず、ソファにかけなさい」

まるで来客のようにもてなされ……ジュリアはビクビクしながら、執務机の椅子と同じ黒い革張りソファに腰を下ろした。

彼女が座るのを見届け、ベネディクトも正面に座る。

先ほどは黒い軍服を着用していたが、今はいわゆる執務用の正装だった。

絹のシャツにクラヴァットを結び、ウェストコートを着ている。黒いブリーチズを穿《は》き、膝から下は絹の長靴下《ホーズ》だ。

執務室から出るときは、フロックコートを羽織るのだろう。

ジロジロ見るのは失礼だと思いつつ……つい視線を向けてしまうのは、ジュリアにはどうしようもないことだった。

「さて、正直に聞かせてもらいたい。カトリーナはずっと、王宮の使用人に対してああいった態度を取ってきたのだろうか？」

この質問に、『はい』と答えてもいいものだろうか？

カトリーナが母国から連れて来た侍女たちのことは、当然ながら可愛《かわい》がっている。

公式行事で顔を合わせる王太子付きの侍従たちには、まだ礼儀正しいかもしれない。たまにクローディアの命令で訪れる王妃付きの女官たちにも、比較的ましな態度だ。

だが、王太子妃付きの女官をはじめ、実際に配膳をしたり、着替えを手伝ったりする女中たちへの態度は……最悪だった。

そのせいで何人も辞めていることまで、話すべきかどうか……。

「えっと、ですね……公国からお連れになった方々とは、気心が知れているのだと思います。でも、わたしなどは、ちょっとしたご命令にも、右往左往するばかりで……それがお気に障って、お叱りになるのではないか、と」

どうにか言葉を返したが、この答えがベネディクトの気に入らない可能性もある。

ジュリアはソファの上で、首を竦めるようにして小さくなった。

だが、いくら待っても返事がない。ジュリアが恐る恐る顔を上げると……視線が合ったとたん、彼は微苦笑を浮かべながら息を吐いた。

「女主人の悪口を言わない、おまえは使用人として非常に好ましい」

「あ、いえ、そんな」

まさか褒められるとは思わず、ジュリアは口籠もってしまう。

「では、先ほど客間で耳にした話について……これ以上は言わずともわかるな？」

「……は？」

おそらくは、他言無用ということだろう。

しかし、肝心の内容が理解できなかったので、何を口止めされているのかがわからない。うっかり口にしてしまわないためにも確認しておくべきか、それとも知らないままのほうがいいのか……。

ジュリアが口をパクパクさせていると、ベネディクトも何かに勘づいたらしい。彼は驚いた表情で目を見開いた。

「おい。まさか、私たちがなんの話をしていたのか、わかっていないのか?」

彼の口調から、自分の無知さがさらけ出され、恥ずかしくてならない。

ジュリアは真っ赤になってうつむいた。

「も、申し訳、ありません……でも、誰にも話しません。それは、お約束いたします!」

「ミス・ランズベリー、名前はなんと言ったかな?」

ふいに声のトーンが変わった気がした。

「ジュリアです。ジュリア・クレメンタイン・ランズベリーと申します。どうぞ、ジュリアとお呼びください」

「ジュリア、ミドルネームはクレメンタインか——ラテン語で寛容を意味する、少々古めかしいがいい名だ。おまえに似合っている」

ミドルネームは母方の祖母の名前をもらった。褒めてもらえたのが嬉《うれ》しくて、肩の力が抜けたようになり、ジュリアは笑顔で答える。

「ありがとうございます」

「今、いくつだ？」

「十六歳です」

そう答えると、どことなくベネディクトの表情が柔らかくなった。

「なるほど、何も知らぬ少女を巻き込んでしまったようだ。だが、王宮勤めを続けるとなれば、いつまでも無垢なままではいられまい。聖女のような銀の髪といい、深い紫色の瞳といい、近い将来、おまえには大勢の男が群がってくるだろうな」

まじまじとみつめられ、心の底からジュリアの身を案じるように言われては……礼儀正しい返答など、頭からすっぽりと抜け落ちてしまう。

「わた、わたし、わたしは……」

ベネディクトは脚を組みながら、ソファの背もたれに身体を預けるようにして嘆息した。

「これは、私の独り言だ。執務室から出たときには、すべて忘れるように――できるか？」

「は……い、あの」

「私がカトリーナと婚約したのは十八歳のときだ。彼女は十七歳……今のおまえと、そう変わらない年齢だな――」

ジュリアの知識では、ベネディクトが十八歳になったとき、立太子の儀式が行われたはずだ。それまでも暫定的に王太子と呼ばれていたが、儀式をもって正式な王太子――次期国王として認められたと聞いている。

が決まった。

同時に、世継ぎのことを考えても結婚は早いほうが望ましいと言われ、隣国の公女との婚約が決まった。

ところが、輿入《こしい》れの予定はカトリーナのほうから何度となく延期されたという。

その理由は様々で、雪解けまで馬車の移動は避けたい、暑い時期に長旅はしたくない、隣国で流行病《はやりやまい》が蔓延《まんえん》しているので収束を待ちたい、祖母の体調が悪化した……等々。

どう考えてもカトリーナの我がままだが、まさか、軍を出してまで花嫁の輿入れを急《せ》かすわけにもいかない。

「カトリーナが破談にしたいことはわかっていた。だが、王族にとって婚姻は義務だ。相手など選べるわけがない。私はそう教育されてきたし、彼女もそうだと思っていた――」

婚約から五年、ようやく結婚式を済ませた夜、カトリーナは夫に向かって信じられない言葉をぶつけてきたという。

『この国は女王も認められていますよね？　私、子供はひとりしか産みません。その子は差し上げますから、出産が済みしだい、国に戻らせていただきます』

『たしかに、我が国では直系の王子がいない場合、王女でも即位できるが……離婚は認められていない。帰国しても君は王太子妃で、私が死ぬまで再婚はできない決まりだ』

『あら、そう？　別にかまいません。私は自国の教会に、離婚と再婚を認めていただきますから。あなたはあなたで、ご勝手になさってください』

カトリーナは一方的に要求を突きつけたあと、

『できれば今夜中に懐妊させてくださいね。嫌なことは早く済ませてしまいましょう』

迷惑そうな顔でベッドに横たわった――。

ベネディクトの口からとんでもない告白を聞き、ジュリアは言葉を失った。

（いくらなんでも、新婚の夫に対して、そんなこと……ああ、でも、妃殿下に限ってって言えない。あの方なら、言いそうな気がするわ）

黙り込むジュリアに、ベネディクトは咳払《せきばら》いをひとつして、

「たとえどんな女性をあてがわれても、王命には従うつもりでいた。だが、夫婦となるべき最初の夜に、妻から種馬扱いされたのだ。私の自尊心が彼女を拒絶した。ジュリア――これが、先ほどの会話の詳細だ」

それは未婚の娘にとって、かなり恥ずかしい内容だった。

しかし、『王太子妃として扱っていない』『夫の役目を果たしてから』といった言葉が、ふたりが夫婦の契りを交わしていない、という意味だとわかり、なぜかホッとしてしまう。

（いやだわ、そんなはしたないこと、考えるだけでも不敬罪よ）

頭に浮かんでしまった不埒《ふらち》な妄想を、ジュリアは必死で追い払った。

「ジュリア？」

「はい！　はい、承知いたしました。絶対に、他言はいたしません！」

「それはよかった。だが、あくまで独り言だ。そのことを忘れないように」

「はい、はい……でも……あの……このまま、カトリーナ様……いえ、妃殿下とのご結婚を続けられて、平気ですか?」

ジュリアには関係ないこと、と言われたら、それまでだろう。ただ、どうしても聞かずにはいられなかった。

ベネディクトにとって、結婚は後継者を得るための義務だ。

彼は王太子として、その義務を果たそうとするだろう。

だが、あのカトリーナの様子では……彼女は自分の希望を叶えるためなら、ベネディクトを彼曰《いわ》く『種馬扱い』し続けるのではないか。

「すみません、でも、公女様ですから……ずっと、先ほどのようなことをおっしゃるのでは、と思いまして」

「愚問だな。私は神の前で、カトリーナを妻にすると誓った。神との誓いは守らなくてはならない。牧師を祖父に持つおまえなら、わかるだろう?」

母方の祖父の職業まで知っていることにジュリアは驚きを隠せない。

思えば、ジュリアが男爵家令嬢であることも知っていた。それでいて、名前を尋ねられたのはどういうことだろう?

ジュリアの顔には、そんな疑問が浮かんでいたようだ。

「王宮の使用人は、由緒正しい家の出身者ばかりだ。身近な者は、家族構成まですべて把握している。ただ、未婚女性を名前で呼ぶと、誘惑されている、と受け取る者もいるのでね」

その返事は畏れ多いことだが、的を射ていた。

ジュリア自身、名前で呼ばれるたびに胸がときめいてしまう。

「わたし、わたしは……あの、失礼なことを申し上げてしまって」

「いや、おまえは別だ。カトリーナの悪口を言って私に取り入ろうともせず、夫婦仲を案じてくれている。私にはまだ、和解のきっかけも掴めていないが……おまえのような女官が彼女についていてくれるなら、いずれ、歩み寄ることもできるだろう」

穏やかに淡々と話すベネディクトを見て、ジュリアは両手を胸の前で組んだまま、勢いよく立ち上がった。

「はい！　はい、わたしにできることがあれば、なんなりとお申しつけください！　少しでも殿下のお役に立てるなら、なんでもいたします‼」

そのとき、初めてベネディクトの笑い声を聞いた。

少し照れた素振りで頬を歪《ゆが》める彼が、まるで少年のように見え……この人のためならどんなことでもしよう、とジュリアが心に決めた瞬間だった。

だが、このひと月後——ジュリアの決意も空《むな》しく、カトリーナは王宮から出て行ってしまったのである。

彼女は公国に戻るなり、自国の教会を通じて婚姻無効の訴えを起こした。

『ベネディクト王太子は結婚からひと月以上、私を妻にしようとはなさいませんでした。私たちの婚姻は成立しておりません。正しい伴侶を得るためにも、婚姻の無効を求めます』

それはカトリーナによる性生活の暴露も同然のことだった。

婚姻が成立しなかったのも、一ヵ月半の結婚生活で子供が授からなかったのも、責任はベネディクトにある。彼は夫としての役割を果たせない不能者だ、と。

本来なら二国間で密《ひそ》かに行われる交渉を、カトリーナは国際社会に向かってぶちまけてしまったのだ。

名誉を口にしてベネディクトが反論すれば、それは泥沼の争いとなる。

和平のために結んだ婚姻のせいで、戦端が開かれるような事態に陥れば、まさしく本末転倒だろう。

ジェームズ国王は悩んだ末に、婚姻の無効を受け入れることにした。その上で、息子に新たな妻をあてがうことで名誉の回復に当たろうとしたという。

だが、ジュリアの目に映るベネディクトの顔には、日々、苦悩の色が濃くなり——。

☆　☆　☆

「じゃあ、マーギーは歩いて、ミセス・ブラウンのお宅まで向かったのね？」

「ええ、そう言ってましたよ。だって、すぐそこですからね。辻馬車《つじばしや》なんか待ってたら、逆に日が暮れちまいますよ」

ミセス・ブラウンの家まで馬車なら十分少々だ。

だが歩いて向かうとなると、その倍……いや、もっとかかるかもしれない。

ペイトン市ならひっきりなしに辻馬車が行き交っている。だが、いくら人気の保養地とはいえ、ランスの町で辻馬車など数えるほどしか走ってなかった。

「貴族のお客さんが来たって聞いてびっくりしましたよ。でも、本当にお食事の用意はしなくてもいいんですね？　あとで、お叱りを受けるなんてことは」

ジュリアがマーギーの動向を尋ねたのは、料理人《コック》も兼ねた台所女中《キッチンメイド》のスーザンだった。厨房《ちゅうぼう》は女中が出入りする裏口に近いため、彼女らの出入りはスーザンに尋ねるのが一番早い。

スーザンの夫は、首都まで出稼ぎに行くと言ってランスの町を出た。以降、十五年も戻らないという。

スーザンはふたりの子供を抱え、働きながら育ててきた立派な母親だった。

「大丈夫だと思います。その方はきっと、マーギーと一緒にミセス・ブラウンのお宅まで行って、森の療養所に向かわれるはずなので……ここに戻って来られる理由もありませんし」

言いながら、ジュリアは自分で自分を納得させる。

大丈夫、ジュリアの素性は気づかれていない。彼は馬に乗っているのだから、歩いてここを出たマーギーを同乗させたはずだ。その後、タバサを同行して療養所に向かえば、彼がふたたび別荘に戻って来る理由はない。

(よかった……クリスがいないときで)

ジュリアは安堵の息を吐き、同時に、胸がキュッと苦しくなった。

せっかく会えたのに、顔を見ることもできなかった。もし、もう一度会える日が来るとしたら、遠くから垣間見るだけでいいと願っていた。

それに、彼はジュリアだと気づかなかった。

たしかに、男爵令嬢の名残があった十六歳のころとは違っている。顔も隠していたし、唯一、彼の目についたであろう指先も、すっかり女中の手だ。

よかったと思う反面、完全に忘れ去られた我が身が悲しかった。

スーザンに礼を言って、ジュリアは応接間に戻った。マーギーが彼に出したティーセットを片づけなくてはならない。

応接間の掃き出し窓は開け放たれ、薄手のカーテンがひらひらと風に靡《なび》いていた。

漂う空気に、ほんの少しだが彼の温《ぬく》もりが残っているようで……ジュリアの胸は締めつけられるように痛んだ。

そんな未練を、いや、懐かしさを振り払うように息を吐き、ジュリアは窓に近づいた。

窓の取っ手に触れたとき――。

ふいに、大きな手が伸びてきて、彼女の手首をがっしりと掴んだのだ。

「……きゃっ」

次の瞬間、カーテンが力任せに開けられる。

そこに立っていたのは――。

「ベネディクト様……どうして？」

ジュリアは顔を上げ、真正面から彼とみつめ合う形になった。

とっさのことに取り繕うこともできず、彼の名前を口走ってしまう。

てきめん、ベネディクトは苦々しげに頬を歪め――刹那、ジュリアがかぶったキャップを剥《は》ぎ取った。

銀色に煌《きら》めく長い髪がこぼれ落ち、見る間に肩を覆い尽くした。

「見つけたぞ、ジュリア・クレメンタイン」

地獄の底から響くような声だった。

ジュリアは全身がブルッと震え、膝から崩れ落ちてしまいそうだ。

「先ほどは……何もおっしゃらなかったのに……むしろ、笑っておられたから」

「名前を聞いて可笑《おか》しくなっただけだ。人間というのは、本名が口にできないとき、ミドルネームに母方の姓をくっつけるものなんだな」

図星を突かれて頬が赤くなる。

ジュリアが彼の素性に気づいたのも、ミドルネームのショーンと、今は王太后となられたクローディアの実家、ウォルフォード公爵家の名前を耳にしたせいだった。

いっそ、母の名前を名乗ればよかった、と思っても後の祭りである。

「六年前、国外追放になったおまえが、なぜ、私の国にいる？」

心臓を鷲掴《わしづか》みにされた気分だった。

何か答えなくては、と思うのに、頭の中が真っ白のまま何も思い浮かばない。

「いや、答えなくともわかっている。忌々しい女だ。ルーファスまで誑《たら》し込むとは――」

「違います！　ドクター・コーニッシュは」

ジュリアが言い返そうとしたとき、ベネディクトは拳で窓枠を叩いた。大きな音がしてガラスが揺れ、木の枠もギシギシと軋《きし》んだ。

ジュリアはビクッとして身を竦める。

「言い訳はいい。噂《うわさ》は耳にしていた。高名かつ高潔な王宮医師、ドクター・コーニッシュが妻にできない女に手を出し、田舎の母親に預けているらしい、と」

とんでもない誤解だ。

だがルーファスには、彼女が想像していた以上の迷惑をかけていたのだと知り、申し訳ない気持ちでいっぱいになる。

「その母親の療養にかこつけて、王宮から通えるランスの町に別荘を借りたと聞いた。ちょうどいい、あの堅物を骨抜きにした女の顔を、ひと目見てやろうと思ったんだが……反逆罪にも匹敵する罪を暴いてしまったらしいな」

「ベネディクト様……いえ、殿下……それは大きな誤解です」

「陛下、だ。一年前に即位した」

先代国王ジェイムズ二世が崩御したのは、今から一年と少し前のこと。

同時に、王太子だった彼が即位し、ベネディクト国王と呼ばれるようになった。

「この国にいながら、知らなかったとは言わせないぞ」

ベネディクトの指が顎に触れ、クイと上を向けられる。

彼の顔がすぐ近くに見え、ジュリアの呼吸は一秒ごとに速くなっていく。

背の高さは六年前と変わらない。だが、柔和だった頬のラインは、研ぎ澄まされたかのように、すっきりした感じがする。

肩幅も広くなり、胸板も厚くなった気がして、大人の男性そのものだ。

思えば、六年前のベネディクトは今のジュリアとそう変わらない年齢だった。十六歳の少女の目には大人に映ったが、まだまだ未熟だったと言えなくもない。

ジュリアが愛《いと》おしさを覚えたとき――青い瞳に宿った影に気づき、身震いした。

「失礼……いたしました、国王陛下。ですが、ドクター・コーニッシュのことは誤解です。ドクターはわたしに同情して、救いの手を差し伸べてくださっただけで……」

「同情だと？　王太子だった私を手玉にとった毒婦に、同情など不要だ！」

六年前の断罪を思い出し、ジュリアは息が止まった。

青い瞳に冷たい炎が見え隠れし、焼き尽くさんばかりに彼女を見下ろしている。それはジェームズ国王の前に引きずり出されたとき、向けられたまなざしと同じだった。

「私のみならず、ルーファスまで手玉にとるとは……たいしたものだ。だが、欲をかいて首都に近づいたのが失敗だったな。今度こそ、おまえを国外に放り出してやる。いや、より重い罪を課すべきかもしれん」

「お待ちください。どうして、そんな……」

たしかにジュリアは罪を犯した。

ベネディクトの婚姻が無効になる前に、彼の求めに応じ、身を任せてしまったのだ。それが明らかになり、ジェームズ国王の逆鱗《げきりん》に触れた。

ジュリアは愚かにも、ベネディクトを救えるのは自分だけだと思った。

神が戒めている肉欲に身を委ね、それを真実の愛と誤った。

だが、今になって思う。あれはジュリアだけの罪だったのだろうか、と。

ベネディクトの中に真実の愛はなかったと知らされ、傷ついたジュリアは反論もできずに『国外追放』の罰を受け入れてしまった。

あのときの悔しさが胸に込み上げてきて、身分もわきまえずに言い返していた。

「どうして、わたしだけが……わたしにばかり、罪を負わせるのです？　わたしをお求めになったのは、殿下の……いえ、陛下のほうではありませんか!?」

愛しい者を抱きしめるようにジュリアを抱きしめ、

『おまえだけは、私の味方でいてくれ』

そうささやいた。

何度も名前を呼ばれ……あの瞬間、たとえ神に逆らっても、ベネディクトについて行こうと思った。

まさか、求められたのはその一夜のみになるとは思わず。

しかも彼は、掌《てのひら》を返すようにジュリアを切り捨てたのだ。

溢《あふ》れそうになる涙を堪え、血が滲《にじ》むほど唇を噛みしめる。必死で彼の目を睨みつけるが、その瞳に浮かぶ憎しみが消えることはなさそうだ。

ジュリアは、我が身に向けられた恨みの深さに、逃げ出したいほどの恐怖を感じた。

「おまえを求めた罪だと？　そんなもの、嫌というほど味わっている」

あり得ないほど憎しみの籠もった声だった。

同時に、ベネディクトはつかつかと応接間に入り込み、ジュリアをソファに押し倒した。

天地がひっくり返ったような感覚に襲われ、ジュリアは悲鳴も上げられず、抵抗もできずにされるがままになる。

「おまえの罪は、投獄程度で足りるものか！　ああ、そうだ。この場でルーファスを裏切らせてやろう。タバサが戻ったとき、私の下で喘《あえ》いでいるおまえを見たら、どう思うだろうな」

ジュリアが首を振ろうとしたとき、頭を押さえられた。

そのまま、唇を押しつけられる。

初めて彼の唇の温もりを知ったのは、王宮の薔薇園《ばらえん》だった。

カトリーナから、部屋に飾る薔薇をジュリア自身の手で摘んでくるよう命じられ、棘で指を傷だらけにしながらも命令に従った。それを見たベネディクトは、ジュリアの指先をいたわるように唇でなぞったのだ。

互いの唇を重ねたのは、たった一度、結ばれた雨の夜だった。

ジュリアのことを気遣った、優しい唇のことはしっかりと覚えている。だが今は、まるで罪の贖《あがな》いを求めるような荒々しいキスだった。

「ん……んんっ」

身体を捩《よじ》り、なんとか彼の下から逃れようとする。

しかし、ベネディクトはそれをさせまいとして、膝でドレスの裾を割り込もうとした。

そのとき、ジュリアの耳に小さな足音が聞こえ――。

「母上から離れろ！」

淡い金色の髪をした少年が、体当たりするようにベネディクトの脚にしがみつき、ジュリアから引き剥がそうとしている。

「クリス！　いけません、下がりなさい、クリストファー‼」

少年の名前は、クリストファー・ヨハン・ランズベリー。

身重の身体で王宮を追われたジュリアが、五年前の春、グリーンタウンのタバサの家で産んだ息子だった。

幼いころのジュリアはクリストファーと同じ、淡い金髪だった。成長するうちに母と同じ銀色に変わっていったらしい。今は熟した葡萄《ぶどう》のような瞳の色も、生まれたばかりのころはラベンダーのような儚《はかな》い色合いだったという。

だが、クリストファーの瞳の色は――父親譲りの〝高貴な青〟をしていた。

いきなり飛び込んできた子供の存在に、ベネディクトは毒気を抜かれたようにジュリアから離れていく。

「母上！　母上！　大丈夫ですか？」

「ええ、大丈夫ですよ。ありがとう、クリス。でも、危険なことをしてはいけません。あなたに何かあったら」

ジュリアは身体を起こし、すぐさま、目の前のクリストファーを抱きしめる。

ところが、クリストファーのほうが母親を押しのけた。それどころか、ジュリアを背中に庇うようにして、ベネディクトとの間に立ちはだかったのだ。

「す、すぐに、自警団が来るんだからな！　母上に近づいたら、ただじゃおかないぞ！」

こんな形で、息子と父親との対面など考えてもいなかった。

タバサをはじめとしたグリーンタウンの人々には――ジュリアは若くして嫁いだものの、夫はすぐに出征し、そのまま戦死した――と説明してある。

その言い訳を考えてくれたのは、ルーファスだった。

国教会の力が大きいこの国で、未婚のまま子供を産んだとなれば……ジュリアはまともな仕事に就くこともできず、娼婦《しょうふ》に身を落とすしかなかっただろう。

生まれた子供にしても同じだ。私生児とわかれば、教会で洗礼も受けられず、子供たちの輪にも入れてもらえない。クリストファーにそんな思いだけはさせたくなくて、ジュリアはルーファスの恩情に縋った。

クリストファーは五歳になったばかりだ。

わけあって男爵家は継げなかったが、由緒ある貴族の生まれであることは伝えてある。

するとクリストファーは、

『大人になったら軍人になって、戦死した父上の分も活躍して、国王様からランズベリー男爵を継いでもいいって言ってもらいます！』

五歳の誕生日にそんな嬉しいことを言ってくれた。

大きくなれば、母親が人目を忍ぶように生きている理由を知るだろう。婚外子のせいで男爵家を継げなかったことも、ひょっとしたら、国王の私生児であることまで知られてしまうかもしれない。

（すべてを知ったら、きっと許してくれないわ。ふしだらな母親のせいでって、わたしを恨むに決まってる）

ジュリアが、今はまだ小さな息子を後ろから抱きしめたとき――。

「まさか、あのときの子か？　おまえは、王命に逆らっただけでなく、私の命令まで無視したのか？」

ベネディクトは虚《うつ》ろなまなざしで、呆然《ぼうぜん》としたまま呟いた。

「待ってください、そのことは……」

子供の前で話してほしくない。

ジュリアの思いはそれだけだった。

「国の未来に禍根を残さぬよう、子供は殺せと――」

「おやめください!!　子供の前で、めったなことは口になさらないで！」

息子を抱きしめたまま、ジュリアはベネディクトの顔を睨みつける。

クリストファーだけは守らなくてはならない。それは絶望の中、ジュリアに生きる力を与えてくれた、ただひとつの願いだった。

第二章　穢《けが》された求婚

「殿下……申し訳ありません、月の……月の物が、こないのです。わたし、どうしたら……いいのでしょう？」

王宮の薔薇園に、四季咲きの薔薇が夏の花を咲かせた時期に結ばれ……涼やかな風が吹き始めたころ、ジュリアは思いあまってベネディクトに相談した。

罪を犯したのはたった一夜のこと。

ベネディクトからは、

『婚姻の無効が成立するまで、私たちは離れていたほうがいい。おまえの名誉のためだ。どうか、わかってくれ』

そんなふうに言われていたので、ジュリアはジッと耐えていた。

しかし、ひと月が過ぎ、ふた月目に入ったころ、気分の悪さに起き上がることすらつらくなってしまい……。

王宮を追われることも覚悟していたが、ベネディクトは意外にも、すぐに求婚してくれたのだった。

「父上には私から話そう。カトリーナとの婚姻無効は間もなく成立する。すぐに結婚すれば、その子は間違いなく私の嫡子として認められるだろう。おまえは自分の身体をいたわり、生まれてくる子供のことだけを考えていなさい」

その言葉を聞いたとき、ジュリアの心に広がったのは、嬉しさではなく不安だった。

彼はとても冷静で、紳士的に応対してくれた。動揺を露《あらわ》にして、あたふたしてほしかったわけではないが、『嬉しい』とか、『困った』とか、どちらでもいいから、とっさの感情を見せてほしかった。

可能なら、『愛している』の言葉も。

神に背いた身でおこがましい願いだとはわかっている。

だが、女官として仕えていたときのほうが、彼の心に寄り添っていられた気がして……。

男と女として、最も親密な関係になりながら、誰より離れてしまったみたいで、心細くてどうしようもなかった。

それに、不安の理由はほかにもある。

国王夫妻は息子の名誉回復のため、未来の王妃にふさわしい女性を国内外から選んでいる最中だという。王宮では候補者と引き合わせるための夜会も計画しており、ジュリアもその準備に駆り出されていた。

そんな中、ベネディクトから『女官と結婚したい』と言い出されたら……。

ジュリアは貴族階級の出身だが、すでに身寄りもなく、財産も持たない孤児だ。間違っても国王夫妻に歓迎されるとは思えない。

了承を得るためには、懐妊のことを話さなくてはならないだろう。

それは同時に、ジュリアの……いや、ふたりの罪を明らかにすることだった。

国教会から婚姻無効の裁可が下る前に、ベネディクトは使用人である十六歳の女官に手をつけたのだ、と。

悩みは深まる一方で……そんなとき、ジュリアはベネディクトの命令で、密かにルーファスの診察を受けたのだった。

ルーファスはベネディクトより六歳も年長になる。

だが、同じ時期に寄宿学校で過ごしたこともあり、ベネディクトにとって数少ない友人のひとりだと聞く。

そのせいか、ジュリアの目にふたりの関係は気の置けないものに見えた。

「殿下にこれほどまでの早業がお出来になるとは……お見逸《みそ》れしました」

「よけいなことはいい。ジュリアの懐妊は事実なのだな？　彼女は若いが、出産まで問題なく過ごせそうか？」

「ええ、ご懐妊は間違いありません。彼女は健康そうなので、問題は起きないでしょうが……

お子様の誕生は、予定どおりなら王宮の庭に薔薇が咲き乱れる春。早産でごまかすには、一日も早く結婚なさらなくては」

ルーファスの忠告にベネディクトは「わかっている」とだけ答えた。

「不安でしょうが、殿下を信じてあげてください。あの方は感情を上手く表現することができないだけで、心の内には燃え盛る熱を抱えておいでだ。あなたのことはとくに、深く愛しておられると思いますよ」

ベネディクトに聞こえないように、ルーファスはこっそり耳打ちしてくれた。

その言葉に、すべての不安が払拭されたわけではないが、ジュリアは少しだけ心が軽くなったことを覚えている。

ところが——ようやく芽生えた未来への期待が、覆る日がやって来た。

ルーファスの診察を受けた三日後、ジュリアのもとに王宮の侍従長が訪れた。

国王の代理で彼女を迎えに来た、といった晴れがましいものではなく、侍従長の両脇にはふたりの衛兵まで立っていたのだ。

「ジュリア・クレメンタイン・ランズベリー、国王陛下の命によりあなたを逮捕します」

侍従長の言葉に、ジュリアは気を失いそうになる。

衛兵に左右から挟まれ、両腕を掴まれた。拘束された状態で、ジュリアは地下の一室まで連行されたのだった。

地下室にはさらに多くの衛兵がいた。ジュリアは衛兵らに囲まれ、まるで罪人のように冷たい石畳の上に膝をつかされる。

何が起きているのか、さっぱりわからず……。

やがて姿を見せたジェイムズ国王は、ジュリアに向かって唾棄するように言い放った。

「おまえが、王太子を誑《たぶら》かした女か」

「な……」

なんのことを言われているのか、なぜそんな話になっているのか、頭の中に次々と疑問が浮かぶが、上手く言葉にできない。

呆然としたままのジュリアに、

「夫婦関係に悩む王太子につけ入るとは……十六の若さで、よくぞそんな真似ができたものだ。だが、子まで孕《はら》むのはやり過ぎであったな。万にひとつ、腹の子が王太子の子であったとしても、我がエディントン王家の系図に名を記すことは許さぬ」

ジュリアはこのとき、落ちぶれた男爵家令嬢との結婚を反対されたのだ、と思った。

許してもらえるかもしれない〝懐妊〟という切り札も、ジェイムズ国王の心を動かすには至らなかった。

それならば、せめてベネディクトのことは守りたい。

「お許しください、陛下。わたしはただ、王太子殿下の……お力になりたかっただけなのです。

決して、つけ入るようなつもりは……」

「では、おまえのほうから王太子を誘惑したことに間違いないな。若い身体を使って、結婚の誓いを忘れさせた、と。そう認めるのだな」

国王の言葉によると、ジュリアは最初から王太子を誘惑する目的で近づいた、と言われているみたいだ。

だが、決してそんな思惑などない。ジュリアはただひと筋にベネディクトを慕い、カトリーナの所業によって傷ついた彼の力になりたいと思っただけだ。

うなずくこともできず、かといって、執拗《しつよう》に否定すればベネディクトの名誉をさらに傷つけてしまうようで……。

混乱するジュリアの前に、一通の書面が差し出された。

「おまえの腹の子は王太子の子ではない、という誓約書だ。これに署名をして、ただちに王宮から出て行け」

「……王宮から……」

予想はしていたが、突然のことに涙が込み上げてくる。

だが、ジュリアに下された処罰はそれだけはとどまらなかった。

「王太子を誑かした罪は重い。ジュリア・クレメンタイン・ランズベリー、おまえを国外追放とする。母子ともども、生涯、エクランド王国の地に戻ることは許さん！」

あまりに重い処罰に、ジュリアはジェイムズ国王の顔を見上げた。

彼女を見下ろす瞳は、ベネディクトの瞳とよく似ている。しかも、息子以上に感情を見せないという国王が、怒りを露にしてジュリアを睨んでいるのだ。

それがどれほどの怒りか、十代のジュリアにもわかる。

(わたしが、言うとおりにしなければ、王太子殿下まで罰するとおっしゃるかもしれないわ。そんなことは、絶対にダメよ)

ベネディクトに迷惑はかけたくなかった。

そう思う一方で、ジュリアの中に宿っている命は、間違いなくベネディクトから授かった命なのだ。

子供ことを、ジュリアの感情だけで判断していいはずがないだろう。

「お、お待ちください、陛下。どうか、王太子殿下のお気持ちを、尋ねさせてください。わたしとこの子が殿下のご迷惑になるなら、この国を出ることも厭《いと》いません。ですが……」

「茶番もいい加減にしろ！」

ジュリアの言葉を遮るように、厳しい声がかけられた。

その声の主はジェイムズ国王ではなく――お腹の子供の父親、ベネディクトだった。

数秒間、ジュリアの中で時間が止まった。

聞き間違いかもしれない。

いや、ジュリアに対して口にした言葉ではないのかも……縋るような思いで声の聞こえたほうに視線を向け、彼女の心は一瞬で凍りつく。

ベネディクトの青い瞳には、ジュリアを射殺さんばかりの殺意すら浮かんでいた。

「ベネ……ディクト、さ、ま？」

「私を名前で呼ぶ権利はおまえにはない」

「で、も」

彼自身が言ったのだ。『名前で呼ぶことを許す』と。

「おまえの無垢な芝居は見事だった。一夜のこととはいえ、腹の子は絶対に私の子ではない、とは言いきれない」

「何を……おっしゃるのです？」

「だからこそ、おまえの子を利用する者が出ないとは限らない。その子は王家の、果ては国の未来に禍根を残す。ドクター・コーニッシュ、腹の子の始末はおまえに任せる」

俄《にわか》には信じがたい言葉だ。

息をすることも、瞬《まばた》きすら忘れ、ジュリアは愛する人の顔を見ていた。

「少々お待ちを。堕胎は神の教えに背く行為。国教会が知れば、殿下を次期国王として受け入れぬ可能性も。何卒《なにとぞ》、ご一考を」

ルーファスは国王の御前ということもあり、短い言葉で要点だけを口にする。

「では、陛下に申し上げます。この女がヘームスケルク公国に赴き、私との関係を大公に告げれば、あの国は今以上に騒ぎ立てるでしょう。子供を盾に、我が国の王位継承権すら主張しかねない」

ジュリアには、小さく首を振ることしかできない。

(ベネディクト様? どうして? いったい、何をおっしゃってるの?)

祈るような気持ちで彼の顔を見上げるが、その祈りが届くことはなかった。

「おまえの犯した罪にふさわしい罰を与えてやる。子供を産むことは許さん。たとえ、この一件が明るみに出て、私自身が国教会から破門されたとしても……。結果、王太子の地位から引きずり下ろされたとしても、だ」

我が身を破滅へと導いても、ジュリアを罰したいと言う。

このとき、ベネディクトの内に秘めた熱は尋常ならざる勢いで燃え上がり、ささやかな思い出も、ふたりの未来も、何もかも燃やし尽くしたのだった。

☆　☆　☆

ジュリアは真っ暗な中にいた。

だが、なぜか、ここが王宮の地下だとわかる。

(今度は地下牢《ちかろう》に入れられるの？　クリス……クリストファーはどこ？　まさか、あの子まで罰を受けるの？)

そう思ったとき、どうしたことか、彼女は冷たい石畳の床にひれ伏していたのだ。

ジュリアが立ち上がろうとしたとき、その床がパックリと割れ……彼女は抗《あらが》うこともできず、真っ逆さまに落ちて――。

「おい！　おまえまで眠るんじゃない！」

ふいに腕を掴んで身体を揺らされ、ジュリアはハッとして目を覚ました。

そこは箱馬車の中だった。

向かい合って座るように座席がついており、大人四人が乗れるという。だが、実際に四人も乗れば、かなり窮屈な思いをすることになるだろう。ランスの町で急遽《きゆうきよ》調達したため、国王にふさわしい馬車ではなかった。

ジュリアの正面にベネディクトが座っていた。

彼女の膝にはクリストファーが頭を載せ、小さくなって眠っている。彼女自身も、疲労と緊張、あとは単調な揺れのせいか、座ったままウトウトしてしまったらしい。

「国外追放の命令を無視したうえ、無断で子を産んでいたことがばれたんだ。投獄されるかもしれぬというときに……ずいぶんと呑気《のんき》なものだな」

着古した木綿のデイドレスを着たジュリアとは対照的に、ベネディクトは真新しいシャツにタイを結び、ウェストコートの上から黒いテイルコートまできっちりと着込んでいた。ズボンは乗馬用か狩り用らしい。拍車のついたブーツが馬車の中ではいささか邪魔なようだ。

彼はこれ以上ないほどの仏頂面で、ジュリアのことを睨んでいる。

「何人《なんぴと》も法の下に裁かれると、教えていただきました。六年前、わたしは弁護人もつけていただけず、一方的に追い払われただけです……」

震える声でジュリアは反論した。

国王命令に逆らったと言われても、そもそも、ジェイムズ国王がそんな命令を下した記録などどこにもなかった。

〝王宮女官ジュリア・クレメンタイン・ランズベリーは、不敬罪によりその職を解かれた〟

公的書類に記載があるのは、それだけだ。

大きく息を吸い、ジュリアは言葉を続ける。

「わたしは、国外追放にされるような罪は犯していません。ましてや、お腹に宿った子供は神より与えられた命――殺せと命じるほうが罪です」

長い髪はふたたびキャップの中に押し込んだが、昼間と違い、しっかりと顔を上げ、ベネディクトの顔を見ながら答えた。

六年前はいきなり断罪を受け、言われるまま署名してしまった。

だが今度は、そう簡単に言いなりにはなるわけにはいかない。どんなふうに脅されても、怯えてうつむいてしまうことは許されないのだ。

なぜなら、ジュリアの決断にはクリストファーの命がかかっている。

たとえベネディクトが、どれほど恐ろしい顔で睨んでいたとしても――。

「なるほど、それがおまえの本性か」

「わたしは……罪の子を産みました。それにより裁かれるのであれば、どんな罰も受けます。ですが、この子を取り上げるとおっしゃるなら……わたしはあなたの罪も暴きます」

「出るところに出て、子供は王のご落胤《らくいん》、とでも吹聴《ふいちょう》して回ると？」

「はい。それに、あなたが我が子の堕胎を命じたことも」

「!?」

自国の王に歯向かうなど、正気の沙汰ではない。

『何人も法の下に裁かれる』とはいえ、それは彼らが作り上げた法だ。どれほど捻《ね》じ曲《ま》げたとしても、自分たちだけは罪から逃れる算段をするだろう。

強気で言い返したものの、ジュリアの膝はカタカタと震えている。

それは決して、馬車の揺れなどではなく――。

半日前――貸し別荘で再会したベネディクトは、そのまま彼女たちを見逃してはくれなかった。

クリストファーを厨房にいるスーザンに預け、ジュリアはあらためて応接間でベネディクトと対峙《たいじ》する。

彼はそのとき、居丈高に言い放った。

『言い訳があるなら聞いてやろう。但し、王宮に戻ってからだ。ルーファスの釈明も聞いてやらねばなるまい』

逆らうなら、カントリーハウスにいる衛兵を呼び寄せ、逮捕して連行する。罪状はなんとでもなる。そう言われては……ジュリアに選択の余地はなかった。

『わかりました。でも、奥様が――ミセス・コーニッシュがお戻りになるまでお待ちください。お世話になったお礼を言いませんと』

『礼などいるまい。母親として、倅《せがれ》が手をつけた女と庶子の面倒をみただけだ。おまえを庇い、私に逆らってまで子を産ませたということは、そういうことだろう』

『いいえ！　ドクター・コーニッシュは罪の子を宿したわたしに、神に赦《ゆる》しを請う機会を与えてくださっただけです！』

ジュリアがキッと睨むと彼のほうが顔を背けた。

『それに、クリストファーのことをお願いしなくてはなりません。あの子はまだ五歳で……そんな歳で世間に放り出されては、とても生きていけませんから』

『おまえの子は連れて行く』

『あの子にまで罪を負わせるつもりですか⁉』

『あれを罪の子と呼んだのはおまえだ。まったく、いったい何人の金髪男を相手にしたんだ？　黒髪でなくて残念だったな。そうなら、私の子と言い張れただろうに』

初めは、言うつもりはなかった。

だが、あまりにひどい侮辱に、つい、口走ってしまったのだ。

『クリストファーの瞳をご覧にならなかったのですか？　あの子の瞳は父親から受け継いだ〝高貴な青《ロイヤル・ブルー》〟です。……残念なことに』

ジュリアの言葉を聞いた瞬間、ベネディクトは床を踏み鳴らすように立ち上がった。

『ならばよけいに連れて行かねばなるまい。私の子であるなら、おまえの手から取り上げる。そして、王族にふさわしい教育を与えるだけだ』

衝動的に、ベネディクトの子供だと告げてしまったことを後悔した。

クリストファーには安全な場所で、普通の暮らしをさせてやりたかっただけだ。それが許されないなら、なんとしてもジュリアが守らなくてはならない。

その結果、ジュリアはタバサに挨拶することも、荷物を纏《まと》めることもできず、着のみ着のままで貸し別荘をあとにしたのである。

ランスを出た時間が時間だったので、ペイトン市に入ったのは夜――みすぼらしい箱馬車が王宮に駆け込んだときには零時を回っていた。

先駆けを走らせていたのだろう。

箱馬車は王宮の正殿ではなく、厩舎《きゅうしゃ》のほうに向かった。そこで馬車を降り、待っていたのは王宮医師、ルーファス・コーニッシュだった。

タバサによく似た赤毛をしており、それをひとつに纏めて後ろで縛っている。

丸い縁の眼鏡をかけ、飄々《ひょうひょう》とした雰囲気を醸し出すルーファスは、とても三十五歳には見えない。威厳があって年嵩《としかさ》に見えるベネディクトとは、実に対照的だ。

「悪かったね。母の療養に付き合わせたばかりに……こんなことになってしまって」

ルーファスは決してジュリアを責めず、真っ先に謝ってくれた。だが、迷惑をかけたのはジュリアのほうだろう。

「いいえ、とんでもありません。むしろ、わたしたち親子に情けをかけてくださったばかりに、ドクターにまでご迷惑をおかけして、なんとお詫《わ》びしたらよいのか」

クリストファーを抱きながら、ジュリアは頭だけ下げる。

　そのとき、ふたりのやり取りを見ていたベネディクトの口から、嘲笑が聞こえた。

「下手な芝居はそこまでだ。ルーファス、おまえが子供の命を救ったのは、おまえ自身の子である可能性があったからではないか？　正直に白状するなら、これまでの王家への貢献に免じて、おまえだけは許してやろう」

　国王が王宮に戻ったのだ。本来なら王宮の使用人が総出で出迎えてもおかしくない。

　だが、彼は独断で予定を一日繰り上げたうえ、深夜に戻ってきた。そのため、衛兵が遠くから見守るだけだった。

　ただ、話している内容が内容なだけに、侍従をはじめとした女官のひとりすら近くにいなくて幸いだ。

　しかし、ベネディクトはどうしてこんな妄想を抱くようになったのだろう。

　その点は不明だが、理由のわからない妄想にルーファスを巻き込むのは間違っている。

「おやめください、陛下。ドクターは、ただ、わたしたちを……」

　ジュリアが言い返そうとしたとき、ルーファスに手で制された。

　彼はジュリアに代わって、ベネディクトに向き直る。

「おかえりなさいませ、陛下。しかし、こんな時期にキツネ狩りとは……もうシーズンも終わりでしょうに」

「私の質問に答えぬつもりか？」

「同行された側近、ヒューゴー・オニオンズ卿《きょう》はランスに置いてきぼりですか？　その理由はひょっとして……」

「控えよ、ルーファス！」

ふいに、ベネディクトが声を荒らげたため、遠巻きにしていた衛兵たちに緊張が走った。

だが、当のルーファスはとくに慌てる様子もなく、

「失礼いたしました。さて、クリストファーは私が預かるとしよう。目を覚ましたとき見知らぬ他人ばかりでは、彼が可哀《かわい》そうだ」

「いいえ、この子にはわたしが」

「ジュリア、こうなった以上、君は陛下との話し合いを優先すべきだ。六年前と違い、王宮内の事情も、陛下のお立場も、いろいろと変わってきている」

クリストファーから離れるのは躊躇《ためら》われたが……。

ルーファスがクリストファーを傷つけるとは思えない。この王宮で誰かに預けなくてはならないとすれば、ルーファスは誰より安心できる人だ。

ジュリアは寝息を立てる息子の額に口づけ、ルーファスの腕に委ねたのだった。


厩舎の横を抜け、マグノリアの木々が立ち並ぶ中庭を横切る。前を歩くベネディクトの背中

をみつめながら、ジュリアは王宮の最奥へと進んだ。

王宮に漂う独特の空気に、ジュリアの心は六年前に引き戻されそうになる。

ここで暮らした月日は、わずか半年にも満たない。

それも、王太子妃付きの女官として雇われながら、カトリーナに仕えたのは一ヵ月半。その期間も含めて、ジュリアは多くの時間をベネディクトの傍で過ごした。

中庭を過ぎると、とたんに甘い香りが鼻につく。

この奥に、オールドローズが咲き乱れる薔薇園があるせいだ。濃厚なダマスクの香りに出迎えられ、ジュリアは思わず立ち止まった。

「どうした？」

ふいに足を止めたジュリアに気づき、ベネディクトは引き返してきた。

「あ、いえ……もう一度、ここを訪れる日が来るとは思わなかったので……それも、こんなふうにコッソリ入るなんて」

「どうせ許可を出すのは私だ。それに、正殿の正面玄関から入るとなれば、手続きだけで面倒極まりない」

彼の言うとおり、ジュリアを正式に招待するとなれば非常に面倒なことになる。

おそらくは、王宮医師であるルーファスが母親を招く、といった表向きの理由を作り、ジュリアはルーファスの母親の小間使いとして訪れることになるだろう。

準備だけで数ヵ月の時間がかかることになり、ベネディクトがジュリアにそんな猶予をくれるわけがない。

六年前と変わっていなければ、ベネディクトの部屋は中庭から薔薇園までの途中にあった。正しくは新婚夫婦の寝室なので、いささか奥まった、そして孤立した場所に作られた、と聞いたことがある。

ベネディクトはカトリーナと過ごすため、別の場所にあった私室をこちらに移したのだ。だが、ジュリアが王宮に勤めていたとき、カトリーナがこの寝室を訪れたことは一度もなかった。

彼の部屋は六年前と同じ場所だった。

先触れが気を利かせたのか、暖炉の上に置かれた燭台に火が灯《とも》されていた。

光の届かない隅々までは見えないが、内装に変わった様子はなさそうだ。部屋の三分の一を占める天蓋付きのベッドを見ても、昔と同じく綺麗に整えられていた。

クリストファーのことを話し合うために、ついてきたはずなのに……。

心はすぐに六年前に引き戻される。

「あの夜は……もっと暑かったな」

「夏、でしたので」

「そうだったな。あと、覚えているのは……雨が降っていたくらいか」

「わたしは……よく、覚えていません」

覚えていないわけがない。

ドレスを身につけたまま、裾を捲《めく》られて、ドロワーズの股割れ部分から彼を受け入れた。素肌に触れた彼の掌の熱さは、生涯忘れることはないだろう。

ベッドの軋む音、その合間に聞こえてきた激しい雨音、ベネディクトの甘い吐息まで、何ひとつ忘れることなどできなかった。

ベネディクトは自分の人生からジュリアを追い払ったあと、この同じベッドで何人の女性を抱いたのだろう？

そんな嫉妬めいたことまで頭に浮かび……母親としての未熟さを思い知り、そして、愛する人のことを忘れられない切なさまで感じて、心がズタズタに切り裂かれるようだ。

ジュリアは長い間、ベネディクトには新しい妻がいる、と思ってきた。

ところが一年前、新国王即位の一報に続き、王妃選びが急務となった——という噂が、グリーンタウンのような田舎町まで届いた。

（婚姻無効の裁定が下りしだい、新しい王太子妃を迎えるって……お妃候補のご令嬢を招いた夜会の準備までしていたのに）

「あの……陛下」

王妃は決まったのだろうか？

思わずそのことを聞きそうになり、ジュリアは慌てて口を閉じる。

(聞いてどうするの？　まずは、クリスのことを話さなくてはならないのに)

そこまで考えたとき、ジュリアはハッとした。

ベネディクトは子供の存在を、王家やこの国の未来にとって『禍根』と言った。

王妃が決まった、あるいは、ベネディクトに正式な跡継ぎが生まれるから、私生児の存在を見過ごせず、王宮まで連れて来たのだとしたら？

(まさか……今からでも、あの子の存在を消してしまおうなんて……)

いったん恐ろしい考えが浮かぶと、打ち消すことは困難だ。

むしろ、そんな危険を考えておくべきだった。想像ではなく、真実に違いない。といったふうにしか考えられなくなる。

冷たい汗が、ジュリアの背中を伝う。

いても立ってもいられなくなり、部屋から出ようとしたとき、ベネディクトに腕を掴まれた。

「どこに行く気だ？　今のおまえに、王宮内を勝手に歩くことができるとでも？」

「クリスを返して！」

「何を言う？　子供はおまえがルーファスに預けたのではないか」

ルーファスのことは信頼している。

だからこそ、クリストファーを任せようと思った。

だが、ベネディクトが本気でクリストファーを排除しようとしたとき――ルーファスに背信行為を働いてまで、子供を守ってくれとは言えない。

（わたしが、ベネディクト様の子供だと言い張ったから……〝高貴な青〟を受け継いでいる、なんて、言ったりしたから）

『正しいことを言い、正しいことをする。すると、神様はちゃんと見ていて、おまえの味方をしてくれる。でも、悪いことをしたときは、神様は助けてくれないんだ』

遥《はる》か昔、牧師の祖父が小さなジュリアに話してくれたことだ。

悪事を働くとき、神の名を唱えても助けてはくれないが、それは神に見捨てられたわけではない。あやまちを告白し、反省して、二度と同じあやまちを繰り返さないと誓えば、神はお赦しになる、と。

ふたりがこの部屋で結ばれたことはあやまちだった。だが、罪の子を宿した責任はふたりにあり、子供自身にはない。

ジュリアはそれをベネディクトに伝え、理解してもらうことが正しいことだと思った。

だが、正しいことをして、最愛の息子の命を脅かすなら……もう一度、いや何度でも、ジュリアはあやまちを犯すことを選ぶ。

そう心に決めて、ジュリアは彼の顔を見上げた。

「クリスは……あなたの子供ではありません。もちろん、ドクターも無関係です。父親の名前は明かせませんが……決して、あなたの未来に禍根を残すような存在ではありません」

突然の告白を受け、ベネディクトは大きく目を見開いた。

彼はジュリアを嘘《うそ》つきと罵るだろう。重い罰を課すと、投獄すると言うかもしれない。それでも、クリストファーが無関係だと思ってくれたら、子供の命は守られる。

今度は、ジュリアのほうから彼の腕に縋りついた。

「お願いします。どうか、罰するならわたしを――国外追放にされると言うなら、今度こそ出て行きます。なんでも、陛下のおっしゃるとおりにしますから……だから……あ」

次の瞬間、彼は掴んでいたジュリアの腕を強く握った。

直後、ベッドに向かって突き飛ばしたのだ。

「きゃあっ！」

倒れ込んだ拍子にキャップが落ち、白銀の髪がリネンの上に広がった。

「私の種に間違いない、すべてを暴くと脅したその口で、今度は言うとおりにするだと⁉　おまえは恥という言葉を知らないのか？」

ジュリアは両手をつき、身体を起こそうとする。

だが、起き上がる前に、ベネディクトが上から覆《おお》いかぶさってきた。

「は、い……失礼な言葉は、すべて取り消します。わたしは……陛下に、逆らうつもりなど、ありません。ですから、どうか、あの子の命を奪わないで……お願いします」

ジュリアがどうにか顔を上げる。

そのとき、ベネディクトの瞳が鈍く光った気がした。

「――いいだろう」

彼はゆっくりとジュリアから離れ、ベッドの支柱にもたれかかりながら、不敵な笑みを浮かべたのである。

「まずは、そのエプロンを外して、貧相なドレスを脱げ」

「陛下……それは……」

「なんでもするのだろう？　ならば、一糸纏わぬ姿になり、私のことを誘惑してみろ。手伝いが必要なら、ルーファスを呼んでやろう。まあ、家政婦がひとりで脱げないドレスを着ているはずもないが」

ベネディクトの要求にジュリアは息を呑んだ。

グリーンタウンで暮らしていたとき、〝未亡人〟のジュリアに、一夜限りの相手をしてほしいと寄ってくる男性は後を絶たなかった。その都度、亡き夫に貞操《ていそう》を捧げているので、と断ったものだ。思えば、王宮で過ごした短い期間でも同じ経験をしている。

そんな中でも上流階級の人間のほうが、おおむね性質が悪い。彼らは廊下ですれ違うとき、端に寄ったジュリアにわざわざ近づき、身体に触れてきた。しかも隙あらば、そのまま近くの部屋に連れ込もうとするのだ。

ベネディクトの側近、ヒューゴー・オニオンズがその一番手だった。

『僕は子供のころから、王宮に出入りしているんだ。王太子殿下の学友として選ばれた人間だからね』

彼はきっと、ジュリアがベネディクトに対して特別な感情を抱いていることを見抜いていたのだろう。

ことさら、自分は王太子の側近の中でも格別な信頼を受けている、と誇張した。

『オニオンズ伯爵家は兄が継ぐけど、僕にも相当な信託財産がある。僕たちが結婚したら、ランズベリー男爵家は簡単に復活するだろうね――』

そうなれば、ジュリアは男爵夫人として社交界入りする。

貴族夫人の務めは、後継者とスペア……男の子をふたり産むことだ。ジュリアがその役目を終えたころ、きっとベネディクトとカトリーナの間にも子供が授かっているだろう、と。

『僕は将来、大臣になりたいんだ。妻が王太子殿下と仲よくすることで、夫の地位が上がるなんて、素晴らしい内助の功だろう?』

ヒューゴーはジュリアを口説けないとわかると、男爵家の復活を理由にして求婚し、同時に王太子の愛人になることを勧めたのだ。

国教会を尊重するのはしょせん建前、男性たちの本心はヒューゴーと大差ない。そのことは、ジュリアも理解できるくらい大人になった。

それでもベネディクトだけは違う――そう信じていたのに。

だが彼の命令は、ヒューゴー以上に破廉恥なものだった。

(できないと言ったら、きっと、すぐにもクリスを……)

クリストファーが国王の私生児となれば、王家にとって禍の種と思われるだろう。しかもジュリアは、すべての責任をベネディクトに押しつけようとしたことになってしまう。

だが違うとなれば、それはジュリアが彼を裏切った末に身籠もった子供。しかもジュリアは、
その憎しみをクリストファーに向けさせないためには――。

ジュリアは粗末な木綿のドレスの釦《ボタン》に手をかけ、ゆっくりと外し始めた。


ベッドの上に座ったまま、ドレスを脱いでいく。

下着はシュミーズとドロワーズを着ているが、どちらも薄い綿《カンブリック》を使ってジュリア自身が縫った、装飾の少ない実用的なものだ。シュミーズの上からは、身体のラインを整えるための緩いコルセットをつけていた。

どれもこれも、女官として勤めていたときに比べたら質の悪いものばかりだった。

レディの下着を見慣れているであろうベネディクトに見られるのは、恥ずかしくて涙がこぼれてくる。

だが……。

「下着姿を見せつけただけで、私がその気になるとでも思っているのか？」

「いえ……でも……」

「早くしろ。できないなら、おまえの息子に母親の罪を償わせるぞ。むろん、私は子供の首を刎《は》ねるほど非道な国王ではない。代わりに――救貧院《きゅうひんいん》に送ってやろう」

救貧院は子供にとって、監獄と同等の場所だ。

法では禁止されている人身売買が横行している。国内の工場に売られた子供は、まだマシなほうだという。運が悪ければ奴隷《どれい》として植民地で働かされたり、ガレー船の漕《こ》ぎ手として連れて行かれたりする。

そのときは、生きて成人する者はゼロに近いという噂だった。

ジュリアは彼に背中を向け、震える指先でコルセットを外した。

シュミーズを下ろし、ドロワーズに手をかけたとき、ほんの少し躊躇《ちゅうちょ》する。

(ダメよ。ベネディクト様の言うとおりにして、クリスは脅威にはならないと、わかってもらわないと……そのときは、あの子は普通に生きられるんだもの)

万にひとつ、ジュリアの手で育てられなくなったとしても、真実を知っているルーファスなら、クリストファーに住む場所くらい与えてくれるだろう。

ジュリアは深呼吸すると、腰紐《こしひも》に手をかけた。

ドロワーズは――筒状に縫った二枚の布を、腰の部分で繋げただけの代物だ。股の部分は縫い合わさってはおらず、ほんの少し脚を開くだけで、恥ずかしい場所が丸見えになってしまう。

スルッと紐《ひも》をほどき、膝までずり下ろしたとき……ふいに、トンと背中を押された。

「きゃっ」

小さな悲鳴を上げ、ジュリアは前のめりに倒れ込む。

彼はドロワーズを掴むなり、爪先から乱暴に引き抜いた。

「もたもたするな。六年前の夜と違って、人払いはしていない。私が戻ったことを聞きつけ、従僕《フットマン》が着替えの手伝いにやってきたらどうする」

たしかに、本来なら、国王であるベネディクトが、ひとりで部屋に戻ることなどあり得ない。王宮内なら侍従や従僕を、王宮外では従者を伴う。国王を補佐する側近などは、同じ馬車に乗って移動するくらいだ。

傭兵はおそらく、この部屋の前にはおらず、少し離れた入り口の扉を警護しているのだろう。従僕が、そこに衛兵が立っている理由に気づけば、深夜であっても駆けつけて来るかもしれない。

（こんなところを見られたら……でも、わたしより、ベネディクト様のほうが困ることになるんじゃや？）

たとえ夫婦の営みであっても、ベッドの上でレディは全裸にならないと聞く。燭台の灯りを消して、ナイトドレスで肌を隠し、ひっそりと夫婦生活を行うものだ、と。

六年前は、彼もジュリアを裸にしたりはしなかった。もちろん、娼館で働く女性たちなら、裸になって誘惑するのかもしれないが……。

さすがに、その真相をジュリアが知る術はない。

だが国王が、王宮の――それも夫婦のために設えられた寝室で、妃でもない裸の女性と一緒のところを見られてもいいものだろうか？

「わ、わたし、より……陛下は、よろしいのですか？　王妃様となられる女性に、こんなことを知られたら」

「なんだ？　今度は妻にばらすとでも？」

ベネディクトの返事を聞いた瞬間、心臓を握り潰された気がした。

やはり彼には妻がいる。あるいは、妻となる女性はすでに決まっているのだ。

ジュリアは無意識のうちに、彼から逃れようと裸身を捩った。

「逃げるな。それとも、聖母のふりをした毒婦だと認めるか？　そのときは、我が子を人身御供《ひとみごくう》に差し出し、おまえひとり王宮から出て行くことになるぞ」

冷ややかな声が聞こえ、直後、彼の掌が臀部《でんぶ》に触れた。

円を描くようにして撫でたあと……いきなり鷲掴みにする。

「ひゃっ……ぁぅ」

声にならない声が喉から洩《も》れ、ジュリアは四《よ》つん這《ば》いになったまま、指先に触れたリネンをギュッと握りしめた。

「腰を引くな。私に向かって突き出せ。おまえがどれほどの男を咥《くわ》え込んできたか、じっくりと見分してやろう」

言うなり、ベネディクトは指先で割れ目をツーッとなぞった。

「お待ち、くださ、い……王妃様が、決まった女性が、いるなら……もう、こんな真似は、同じあやまちを犯すことは……ぁ、あうっ！」

その瞬間、彼はツプンと蜜穴に指を挿入した。

かつて押し込まれた彼自身に比べれば、指の一本くらいたいした大きさではない。そのはずなのに、彼の指を胎内に感じたとき、ジュリアの身体はいっそう強張《こわば》った。

「いい加減、力を抜いたらどうだ？　しかし、子を産んだとは思えない狭さだな。なるほど、これが名器か？　この躰で多くの男を虜にしてきたのだな」

ジュリアがその場所に受け入れたのは、ベネディクトただひとりだ。だがそれを言えば、クリストファーをふたたび王家の火種にしてしまう。

唇を噛みしめ、ジュリアは様々な思いを呑《の》み込《こ》んだ。

そんなジュリアの反応が面白くなかったらしい。ベネディクトは舌打ちし、いっそう激しく指を動かし始めた。

「やっ、あ……痛っ、いた……あ、あっ」

「だから、力を抜けと言っている」

意識して力が抜けるものなら抜きたい。だがジュリアには、そんな器用なことはできなかった。

気にすればするほど、逆に力が入ってしまい……。

「おまえは、わざとやっているのか？」

戸惑うような、憮然《ぶぜん》とした声が後方から聞こえてきた。

だが、ジュリアにはきちんと答えることができず、小さく首を振るだけになる。

初めての夜も、身体はがちがちだった。想像以上の痛みを感じ、彼にしがみついていたのを覚えている。

それでも、愛する人と結ばれた喜びで、ジュリアの心は満たされていた。

（でも、今夜は違うわ。愛し合うのではなくて、わたしのほうから誘惑するなんて……彼の欲望を満たすために、こんなこと）

本来なら、心から愛し合うふたりにのみ許された行為だ。

だが、今のジュリアにベネディクトの要求を断ることなどできない。

そう思ったとき、躰から指が抜かれた。

今度は彼自身を挿入される――声を上げまいとしてジュリアはグッと奥歯を噛みしめたとき、生温かいヌメリが彼女の秘所に触れた。

「やっ、あぁんっ」

予想外の刺激に、ジュリアはピクンと全身を震わせる。

「動くな。いくら名器でも、こんな狭い場所に挿入できるものか。私の舌でほぐしてやるから、ジッとしていろ」

その言葉から、彼が押しつけたものは舌だとわかった。

（そ、そんな……そんなところを、ベネディクト様に舐《な》められるなんて……恥ずかしい）

発熱しそうなほどの羞恥心を覚える。

そんなジュリアにかまわず、ベネディクトは舌を器用に動かして、秘密の花びらをかき分けていく。その奥に潜んだ淫芽を探り当てるなり……彼は舌先を、何度も、何度も、ゆっくりと往復させたのだった。

軽く吸われ、チューッと音が聞こえてきた。

秘所を這《は》い回る舌の感触だけでなく、蜜音まで耳に届き、ジュリアは下肢から溶け落ちてしまいそうだ。

ベネディクトは舌を窄《すぼ》めて、膣内《なか》まで挿入した。

「あ……ぁ、やっ、あぁ……んっ」

ジュリアは懸命に首を振る。

痛みではなく、不思議な感覚が押し寄せてきて……わけがわからないまま、彼女はリネンに顔を押しつけていた。

ねぶられる感じがしなくなったとき、同じ場所に体奥から溢れ出る温もりを感じた。

ジュリアの内股を快感の蜜が伝い落ちていく。

「ほう、ようやく、蜜が滴り始めたようだ。おまえもその気になったということか?」

衣擦《きぬず》れの音が聞こえたあと、指より太くて熱いものが蜜口に押し当てられ——ひと息に挿入されたのだった。

「あうっ!」

灼熱《しゃくねつ》の塊を躰の中に感じた瞬間、ジュリアの口から声が漏れた。

蜜穴を押し広げながら、それは、奥へ、奥へと突き進んでいく。膣内がいっぱいになり、しだいに息をするのも苦しいくらいになって、ジュリアは深呼吸した。

また、ベネディクトと繋がってしまった。

(もう二度と、誰ともこんなこと……するつもりはなかったのに。それもこんな……裸にされて、背後からなんて)

全裸のジュリアと違って、ベネディクトのほうはズボンの前をずらしただけだった。

まるで道端で娼婦を買うような抱き方に、ジュリアは切なくなる。

しかもふたりが結ばれている姿は、これが百年前なら神の前で告白して、赦しを得なければならない体位だろう。ひょっとしたら、彼がジュリアの脚の間に口づけた行為も、聖書では禁じられていたかもしれない。

「へい、か……陛下、もう、これ以上は……」

「これ以上、どうした？」

「奥は……奥までは、お許しくだ、さ……い。もう、あっ」

「ああ、そうか、もっと奥まで突いてほしいのか」

ジュリアの反論は許さないとばかり、ベネディクトは力いっぱい奥を穿《うが》った。

それも二度、三度と突き上げてくる。

そのたびに、肌の当たる音が寝室に響き渡り……グチュ、ヌチュと音を立てながら、肉棒が蜜窟を出たり入ったりした。

「あぅ！　あ、あ、あ……あ、もう……お許しを……ゆ、るして……ベネディクトさ、ま……あっ、やっ、や……あぁっ」

蜜襞《ひだ》が彼の熱でこすり上げられる。

誰かやって来たら、見られたらどうしよう——とてもではないが、そんなことなど気にしていられなくなった。

「ジュリア……ジュリア、私の前に何人の男に抱かれた？　私のあとに何人だ？　この私を騙《だま》してまで、王妃になりたかったのか⁉　答えろ‼」

ベネディクトの問いに答えられるはずもなく、ジュリアは黙り込む。

そんな彼女の態度が苛立《いらだ》たしかったのか、ベネディクトは左右から彼女の腰をがっしりと掴み、ひたすら荒々しい抽送を繰り返した。

やがて彼の呼吸も激しくなり……。

「——そろそろだ、ジュリア。ちょうどいい、おまえの奥にたっぷり放ってやろう」

「ベネ……ディ、あ……やっ、奥は、ダメ……お、ねがい」

ベネディクトの動きはさらに速くなる。一心不乱に腰を動かし、ジュリアの膣壁を抉《えぐ》るようにかき混ぜていく。

そして、頭の後ろから聞こえてくる荒い息遣い……。

ジュリアの息も絶え絶えになる。

「何がダメだ？　私の子を孕みたかったのだろう？」

ベネディクトの言葉は間違ってはいない。

彼の子供なら、授かっても後悔しない、むしろ、授かりたいとすら思えた。それほど強い思いがなければ、言われるままになったりはしなかっただろう。

だが、今は違う。

今のジュリアには守らなければならない我が子がいる。それに、ベネディクトは愛情で彼女を求めているわけではない。

何より、彼には王妃となる女性もいて……。

「おねが、い……また、身籠もって、しま……う、から」

ジュリアは喉の奥から声を絞り出した。

次の瞬間、膣奥でベネディクトの昂りがさらに膨《ふく》らむ。抽送はピタッと止まり——先端が爆《は》ぜ飛んだ。

ドクン……ドクンと脈打ち、ジュリアの胎内に白濁が広がっていく。

それはまるで、最後の一滴まで彼女の子宮に流し込もうとしているような、ベネディクトの憎しみの熱にジュリアは侵されていくのだった。

☆　☆　☆

六年前の春——。

「女官長、マグノリアが満開です！」

聞きなれない声を耳にして、ベネディクトは足を止めた。

毎朝、謁見の間で侍従長や女官長から様々な報告を受ける。特別なことがなければ、ほんの数分で終わる日課だ。

だが今日は、新しい王太子妃付きの女官と顔合わせの予定だと聞いている。

(今の声が女官見習いの娘か？)

王太子妃付きの女官長に抜擢されたケイシー・メリガンから、女官の数を増やしてほしいと言われたのが、結婚式の一ヵ月前のこと。その話を社交界に流したとき、妻の実家がランズベリー男爵家に繋がるという貴族から、推薦されたのである。

『女官見習いをお探しなら——男爵家の令嬢が両親に死なれて困っています。母親の身分は低いのですが、それはもう美しいと評判の方でした。娘さんもとてもよく似ていて、雪の精霊のようだ、と。王太子殿下にも、お気に召していただけるのではないでしょうか』

ベネディクトの目の保養にもなる、あわよくば愛人にしても……。

へつらう貴族の顔には、下卑た思惑が透けて見えた。

『私が探しているのは、王太子妃付きの女官である。美醜は関係ない。レディの教育を受けていて、礼儀正しく、身持ちのよい娘が好ましい』

厳しい声で一蹴したが、『雪の精霊』という形容に、ほんの少し心を動かされ……ベネディクトは娘の素性を尋ねたのだった。

娘の名は、ジュリア・クレメンタイン・ランズベリー。

エクランド王国の北に小さな領地を持つ男爵家の令嬢だったが、父親が亡くなったことで爵位は休止状態、領地は隣接する大貴族に無期限で預けられたという。

事実上の没収に等しいが、領主の定まらない土地は荒れやすい。領民が安心して暮らせるよう、管理者を定めるのは適格な措置だった。

だが、そのために、十六歳の娘が後見人もなく放り出された、とあっては見過ごせない。

ランズベリー男爵家は七代続いた由緒ある貴族だ。しかし、北の寒い気候が作物の栽培には適さないこともあり、領地からの収入はわずかだった。

ただ、同じような条件でも、資産を上手く運用して利益を出したり、代理人を立てて商才を発揮したり、豊かな暮らしを維持している地方の貴族は少なくない。

ランズベリー男爵の場合は、代々の当主にその才能がなかったと見える。

没落貴族の典型というべきか、先祖から受け継いだ土地や美術、宝飾品を切り売りして生計を立ててきたようだ。

それが七代も続いたのだから、相当苦しかっただろう。

数代前の当主がタウンハウスまで売り払っており、七代ランズベリー男爵が首都を訪れた記録はなかった。当然、妻は貴族ではなく、地元の教区牧師の娘。

仮に、事故に遭わず生きていたとしても、男爵家の経済状態では、十六歳になるひとり娘の社交界デビューも難しかっただろう。

（雪の精霊、か。さて、どの程度のものかな。冷たい女なら、氷の女王さながらの我が妃ひとりで間に合っているが）

大聖堂で盛大な婚礼を挙げたのが三日前。

本来なら、生まれて初めて女性と肌を重ね、男の自信に満ち溢《みあふ》れている時期だろう。

さらには、彼にすべてを捧げてくれた妻を愛しく思い、他の女性のことなど頭にも浮かばない時期のはずだ。

だが、今のベネディクトは、できる限り妻と顔を合わせたくなかった。

それどころか、頭に思い浮かべることすら避けたいと願っている。

『できれば今夜中に懐妊させてくださいね。嫌なことは早く済ませてしまいましょう』

まさか、初夜の床で新妻から、そんな言葉を吐かれるとは思わなかった。

ベネディクトは父のジェイムズ国王から、『国教会を敵にしないため、教会の教えをよく守るように』と言われて育った。

父の結婚についても、真相は世間に流布されている噂とはかなり違う。

当時、激しくなる一方の戦況に、どの国の王女を選んでも軍事的均衡が崩れることが心配された。そのため、父がひと目惚《めぼ》れした公爵家令嬢を、周囲の反対を押し切って花嫁にした、ということになっている。

『国王の結婚に私情を挟む余地などない。そして他の王族や貴族たちにとって、手本とならなくてはいけないのだ。そのためにも、喜びや不満を顔に出してはならん』

カトリーナとの婚約後、なかなか具体的な日取りが決まらなかった。その原因がカトリーナの我がままだと聞き、苛立つベネディクトを、父はそんな言葉で諭した。

だが、父は幸運だったと思う。同じ政略結婚とはいえ、母は妻として夫を支え、王妃としての役割も充分に果たしていた。

子供がベネディクトひとりなのも、流産を繰り返した結果であって、自分勝手な理由からではない。

幼いころ、弟か妹ができると聞かされるたび、母と引き離された。しばらくして母と会えたとき、弟も妹もいないことを知らされ、それが数回繰り返された。

そしてついに、ベネディクトは父からきつく言い渡される。

『ベネディクト、私の子はおまえひとりだ。おまえは決して間違えてはならない。王となるため、正しく生きるように。それが母上を——王妃の名誉を守ることになる』

漏れ聞いた噂もあり、彼は事実を悟った、母は二度と子供を産めなくなったのだ、と。

そのとき、ベネディクトはわずか五歳。だが彼は、自らに課せられた責任の重さを自覚したのだった。

人生のどんな場面においても、自分は決して失敗してはならない。

たとえカトリーナから、どれほど不躾《ぶしつけ》な言葉を吐き捨てられようとも。彼女が本気で子供を産み捨て、祖国に帰るつもりだったとしても。

ベネディクトも義務的に妻を抱けばいいだけのことだ。

夫婦の行為は書物を見せられ、さんざん教わった。それを実践して彼女の言うとおり『嫌なこと』はさっさと済ませてしまえばいい。

だが――。

初夜のベッドでは彼女に触れても一向に昂らず、二夜目は彼女と同じベッドに入る気にもならず……。

三夜目、今夜のことを考えるだけで……気が重くてならない。

ベネディクトが深いため息をついたとき、ふたたび聞こえてきたのだ。

「わたしの世界って、もうずっと寒い冬のままかもしれないって思ってたんです。でも、マグノリアの花が咲いてるのを見て、なんだか嬉しくて」

それは心から嬉しそうな声だった。

（ああ、そうか、この子は両親を一度に亡くしたのだった。それも、たった十六で、住み慣れた土地も離れなくてはならないとは）

「何を言ってるの。四月に花が咲くのは、当たり前のことですよ。いいこと、ミス・ランズベリー、あなたは王太子妃殿下にお仕えするのだから、もっとしっかりなさい」

女官長であるケイシーの声だ。

ベネディクトは、女官見習いの娘の顔を見てみたいと思い、そっと扉を開ける。

きっとケイシーに叱られ、しゅんとしていることだろう。声を聞く限りでは、まだまだ子供のようだ。だが、幼いくらいのほうが、カトリーナも気を許すかもしれない。

そんなふうに考えたが……。

「はい、女官長。王太子殿下は、お若いのにとっても立派な方だと、父が生前話しておりました。妃殿下の出身、ヘームスケルク公国は領地の近くだったので、とても親しみを感じております。わたし、一生懸命に仕えさせていただきます！」

まるで、白いマグノリアの花が人の形になったかのような……花の妖精がそこにいた。

彼女の背中に透明な羽が見える。華奢な身体はふわりと宙に浮き、マグノリアの周りを飛び回ったとしてもおかしくない。

「意気込みだけは立派ね。まずは、きちんと髪を結い上げられるようになりなさい。あなたはもう、男爵令嬢ではなく、王宮女官なのだから……侍女は手伝ってはくれませんよ」

陽射《ひざ》しを受けて淡く光る髪は、かなり不格好な形に編まれ、一本の太い縄のように彼女の背中に垂れていた。

どうやら、結い上げようとして上手くできず、この髪型になったらしい。

ベネディクトが彼女に同情しかけたとき、

「あ、それは大丈夫です。貧乏男爵家だったので、うちには侍女もいませんでした。母の髪もわたしが結い上げていたんですよ。でも、自分の髪を結う練習はまだでした」

彼女はそう答えると、まるで、生まれて初めて砂糖菓子《コンフィズリー》を口に含んだ少女のように笑った。

それは、ベネディクトがこれまで見たこともない柔らかな笑顔で……彼の鼓動は早鐘を打ち始めたのだった。

その二十分後、ベネディクトは謁見の間で彼女の挨拶を受けた。

「第七代ランズベリー男爵の娘、ジュリア・クレメンタインです。どうぞ、よろしくお願いいたします」

後日、彼女に対して、

『未婚女性を名前で呼ぶと、誘惑されている、と受け取る者もいるのでね』

わざわざ名前を尋ねて、そんな言い訳をしたが……。

ジュリアの名前は、彼女の顔を見た瞬間、忘れられない名前になった。

叶うなら、『ミス・ランズベリー』ではなく『ジュリア』と呼びたかったが、彼の隣には、三日前に結婚の誓いを交わした妻、カトリーナがいる。

ベネディクトはこのとき、あらゆる感情を遮断したのだ。

当然、ジュリアに対する感情もなかったことにして、可能な限り、彼女には近づかない、と心に誓った。

だがそれも数日のこと。厄介ごとは向こうからやって来た。

しかも、その厄介ごとを引き起こしたのはカトリーナだ。頭からミルクをかぶったジュリアを見たとき、彼は許し難い怒りをカトリーナに感じた。それからもたびたび問題を起こした挙げ句、とうとう王宮から出て行ってしまったのである。

——カトリーナが王宮を出て約一ヵ月。

その夜、ベネディクトは薔薇園の小道を夜風に吹かれて散歩していた。角を曲がろうとしたとき、飛び出してきたのがジュリアだった。

「きゃっ！　す、すみません！　わたし、殿下を……いえ、人を、探していて」

髪は綺麗に結い上げられるようになったみたいだが、その夜は、豊かな銀の髪が背中まで覆っていた。

白い綿モスリンのナイトドレスは月光を浴び、彼女の裸身をかすかに浮かび上がらせる。華奢に見えて胸元はしっかりと膨らみ、ウエストはコルセットなどつけていなくても、美しくくびれていた。

そんなジュリアを目にした瞬間、カトリーナには覚えなかった性衝動を感じ、ベネディクトはごまかすために、ことさら厳しい声を出す。

「ジュリア、いや、ミス・ランズベリー、こんな時間に何ごとだ？　しかも、そんな薄いドレスを着て……まさか、恋人と密会していたのか⁉」

尋ねているうち、その可能性に気づき、無意識のうちに質問は詰問へと変わる。

「殿下⁉　そ、そうじゃないです。えっと、使用人棟の窓から、殿下が薔薇園のほうに向かわれるのを目にして、気になって、つい、追いかけてきてしまいました」

「なぜ、そんな真似を」

「だって、お傍に従僕のひとりも見えなかったので……殿下がおひとりなんて、おかしいと思ったんです。カトリーナ様が国に戻られてから、落ち込んでおられるご様子ですし」

ジュリアはベネディクトとカトリーナの夫婦仲を取り持とうとしてくれた。

だが、それが悪かったのかもしれない。カトリーナは日を追うごとに、鬱憤を晴らすかのようにジュリアにきつく当たるようになった。

そんなカトリーナの振る舞いをベネディクトは看過できず、結果、ジュリアを遠ざけるつもりが、庇う形になってしまい……。

カトリーナがいなくなったあとは、女官の姿を見るたび、ジュリアを探す始末だ。

ジュリアの優しさは、王太子に対する……いや、妻に逃げられた哀れな男に対する気遣いにすぎない。そう思うだけで気持ちは沈んでしまう。

当のジュリアは、ベネディクトの落ち込みの原因が自分にあるとは思ってもいないだろう。

「おまえは、私が薔薇園の蔓棚《バーゴラ》に縄をかけ、首でも括《くく》ると思ったのか？」

「いえ、まさか、殿下はそんな弱い方ではありません！　でも……国王陛下と、その……意見の相違があるみたいだって、女官の皆さんが噂していたので」

ジュリアは遠回しに言うが、父との関係は悪化の一途をたどっていた。

『妃に逃げられるなど、王太子としてあり得ない失態だ』

それが、カトリーナが無断で帰国したと聞いたときの、父の第一声だ。

ベネディクトも頭を抱えはしたが、その一方で、ホッとしたのも事実だった。

しかし、あのカトリーナのこと。帰国だけで済むわけがない。思ったとおり、彼女は自国の教会にベネディクトとの白い結婚を申し出て、婚姻の無効を訴えた。

父は王太子の——王家の名誉を守りたかったのだろう。ひどく立腹して、カトリーナの訴えを退けようとした。

ベネディクトの言い分も聞きたいと言われ、国教会に召喚されることになり……。

大主教と父を前にして、彼は真実の告白を余儀なくされたのである。

父は憮然としていた。

国王としては、ことさら受け入れがたかったのだろう。王太子の男性機能に問題はない、とばかり、閨事に慣れた女性を次々と息子のベッドに送り込んできたのだ。

そのせいで、ベネディクトは精神的にも肉体的にも追い詰められている。

すでに二桁に及ぶ女性を追い返したにもかかわらず、今夜もまた、王命により女官や女中の格好をさせられた娼婦が、寝室の扉をノックしていることだろう。

それを考えると、ため息しか出てこない。

王宮の外まで逃げ出すわけにもいかず、彼は薔薇園の四阿《ガゼボ》で夜明かしするつもりでやって来たのだった。

ジュリアには初夜の顛末《てんまつ》を話したこともあり、ベネディクトの口もつい緩んでしまう。

簡単に事情を説明したあと、彼はリネンのシャツの上に羽織ったガウンを脱いでジュリアの身体を包み込むように着せた。

「いけません、殿下。お風邪でも召されたら」

「私は下着をつけていないことがわかるような、薄いモスリンドレスは着ていない。第一、そんな格好でうろつかれるほうが迷惑だ」

ベネディクトの指摘にジュリアは真っ赤になった。

その顔を見ていると、おかしな気持ちになってきて……彼は慌てて咳払いする。

「とにかく——そういった事情でここにいる。おまえは部屋に戻りなさい。抜け出したことがばれたら、女官長のミセス・メリガンに叱られるぞ」

「わたしも……ここにいます」

「ジュリア⁉」

「殿下のお傍に、女官が控えるのは、普通のことですから。それに、わたしにできることがありましたら、なんなりとおっしゃってください」

ジュリアは紫水晶のような瞳をキラキラと輝かせ、ベネディクトをみつめている。

しだいに、その瞳に吸い込まれそうになり……。

(私は、何をしようとしている？　ここでジュリアに欲望を抱くくらいなら、寝室に戻って娼婦を抱いてくればよいのだ！　この未熟者め！）

自らを叱りつけたあと、ベネディクトは頭の中で〝主の祈り〟を唱える。

そんな彼の思いを知ってか知らずか、

「畏れながら……陛下は間違っておられます」

「やめなさい。女官の立場で国王に意見することは――」

「いいえ！　殿下の寝室に女性を通すなど、国教会を蔑《ないがし》ろにしていらっしゃいます。だって、殿下とカトリーナ様のご結婚は、未《いま》だ無効にはなってないのでしょう？」

カトリーナは無断で出国したため、現在『王太子妃』の呼称は使われていない。

それどころか、王宮で暮らしていたときの態度も悪く、王太子の名誉に傷をつけた女性ということもあって、現在、カトリーナの名前は禁句に近かった。

そのせいで、ベネディクト自身もうっかりしていた。

「結婚の誓いを守っておられる王太子殿下に、不貞を勧められるなんて……陛下もあんまりだと思います」

ジュリアの言葉に目の前の霧が晴れたようだった。

彼女の言うとおりだ。これで、女性たちを追い払う理由がみつかった。ベネディクトは嬉しくなり、満面に笑みを浮かべて彼女の手を握る。

「ジュリア、おまえの言うことは正しい。心から感謝する」

白くて細い指――前に触れたのは、カトリーナの無茶《むちゃ》な命令を聞き、薔薇の棘で指を傷つけたときだった。彼は慌てて、血の滲んだ指先を口に含み……。

あのときもジュリアの頬は真っ赤に染まっていた。

彼女の手は柔らかく繊細で、最高の肌触りをしている。できればこのまま、彼女の指先に唇を押し当てたい。そして、薔薇《ばら》色《いろ》の頬に口づけたら、彼女はさらに赤くなるのだろうか。いっそ、手より柔らかそうな唇に、彼自身の唇を押しつけ――。

妄想は広がる一方で……。

行動に移してしまいそうな衝動が、彼の中で生まれたとき、

「私は部屋に戻ろう。おまえも戻りなさい。私たちはこれ以上、ふたりきりで過ごすべきではない。わかるね？」

ベネディクトはそれを理性でねじ伏せ、彼女から手を放したのだった。

雨音で目が覚めた。

ベネディクトは半身を起こし、窓の外に目をやる。灰色に塗り潰したような景色に、息を吐いて髪をかき上げた。

（雨か……ジュリアを抱くときは、決まって雨だな）

眠っていたのは数時間、いや、一時間もないだろう。

王命に逆らった罪と言い、王宮まで連れ込んだ。挙げ句の果てに、息子を救貧院に送ると脅して、思うさまに抱き尽くした。

ジュリアは途中で意識を失い、今は精も根も尽き果てたように眠っている。

ベネディクトに背中を向けているのが、せめてもの抵抗かもしれない。そんなことを考えながら彼女に覆いかぶさるようにして、横顔をみつめた。

こめかみには涙の跡が残っている。

苦しそうな彼女の顔を思い出し、ベネディクトの胸はズキンと痛んだ。

（なぜ、裏切った？　私は本気で、おまえを妃に迎えるつもりだった。なのに、なぜ？）

ジュリアから懐妊の可能性を聞いたとき、とっさに何も言えなかった。

ベネディクトの人生で、あれほど動揺したことはない。だがそれ以上に、たとえようのない喜びを感じていたのだ。

物心ついたときから、次期国王となるべく、王太子の義務ばかり説かれて生きてきた。

王たる者、いかなるときも、感情も殺さなくてはならない。心の内を見せれば敵に読まれ、大勢の命を危険に晒《さら》すことになる、と。

その証拠に、ベネディクトが九歳を過ぎたころ、誘拐されそうになったことがある。彼の乗った馬車を待ち伏せされ、襲撃を受けたのだ。当時、戦争中だった敵国のしわざだが、手引きしたのは、ベネディクトの乳母の紹介で雇い入れた女の家庭教師だった。

王家の教育方針で、彼は十歳になれば全寮制の寄宿学校に行かされることが決まっていた。ならば、一年足らずの間だけでいいから、家庭教師のひとりとして彼女を雇ってほしい。そう頼んだのはベネディクトだ。

彼女は王妃である母に、よく似た面差しをしていた。

母は流産を重ねたせいで身体を弱くしてしまい、ほとんど一緒に過ごせなかった。

ベネディクトは、彼女に母の姿を重ねていたこともあり、心から信頼していた。

だからこそ、実家で静養していた母のもとに、お忍びで出かける予定まで話してしまったのだ。

その結果、護衛の半数が命を落とした。

そして、騙されていたとはいえ、彼女を王宮に招き入れた乳母も責任を追及され、一族全員が国外に追放されたのだった。

近づいてくる人間を、迂闊に信用してはならない。

相手が誰であれ、心を開き、本心を口にしてはならない。

どんな場合も、感情のまま行動に移してはならない。

禁止事項ばかりで埋められたベネディクトの人生に、ごく自然に入り込んできたのは、ジュリアただひとりだった。

ジュリアこそ、まったき珠のような、無垢な処女《おとめ》そのものだ。彼女だけは自分を傷つけない。何があっても彼の傍らに寄り添い、味方でいてくれる。

そのためにも、自分は主君にふさわしい人間でなくてはならない。

間違っても、妻より女官見習いを大事に思っている、と知られたらおしまいだ。いや、それ以上に、ベネディクト自身が見ないふりをしている邪悪な欲望にジュリアが気づけば……軽蔑どころでは済まないだろう。

懸命に紳士の仮面をかぶり続けたベネディクトだったが……。

カトリーナがいなくなったことで、彼を縛る鎖が外れてしまった。

妻となった女性にも、他の誰にも一切感じなかった欲情。それが、ジュリアには簡単に感じる。彼女が静かに微笑《ほほえ》みかけてくれるだけで、やり場のない熱が躰に生まれることに気づいてしまう。

次々と寝室に送り込まれる女性たちを、にべもなく追い出すたび、王宮内でささやかれる声は彼の耳にも届いていた。

不能者、役立たず、欠陥品……等々。

だが、同情や憐憫《れんびん》の視線すら、あのころのベネディクトには気にならなかった。

カトリーナとの婚姻が無効になれば、誰はばかることなく、ジュリアに求婚できる。男爵家は王妃の出自として適当とは言い難い。しかし、ジュリアでなくては世継ぎを産ませられないと言えば、父も妥協せざるを得ないはずだ。

苛々《いらいら》しながら婚姻無効の裁定が下るのを待つ中、『不貞行為はできない』と言い訳したベネディクトに、父は早々に新しい王太子妃を決めると宣言した。

婚姻無効より先にジュリアのことを話せば、不貞が疑われるだろう。その場合、彼女の名誉を著しく損なうことになる。

とはいえ、黙ったままでは次の婚約が内々に調い……ベネディクトはふたたび、王太子の義務に縛られてしまう。

王太子という高い地位にあっても権力は一切なく、表立って国王に逆らうこともできない。

そんな彼に選べた手段は——ジュリアとの間に既成事実を作ること、だった。

婚姻が無効になりしだいジュリアに求婚し、それを父にも報告する。もし、それより早く婚約が決まりそうになれば、十六歳の少女の純潔を奪ってしまったと告白しよう。

それは、まさに綱渡りだった。

そんなときに、ジュリアから思いがけない報告を受け——。

ルーファスの診立てでも、懐妊は間違いない、と聞かされ、ベネディクトは神に感謝した。

ジュリアはすでに、世継ぎを身籠もっている。そう言えば、何より名誉を重んじる父なら、結婚を許可してくれるだろう。

(天にも昇る心地というのは、あのときの私の心を指すのだろうな)

ジュリアの長い髪をすくい上げ、先端に口づける。

髪は少し短くなった。だが、光に透けて見える儚げな色合いは、昔と変わらない。清らかで穢れを知らない聖母マリアのような……。

だが、彼女はマグダラのマリアだった。

その事実はベネディクトを打ちのめし、天国から地獄へと叩《たた》き落とした。

「う……ん……」

ふいに、ジュリアの口から吐息がこぼれる。

目を覚ませば、彼女はどれほどの悪態をつくことだろう。昨夜のベネディクトの所業を責め立て、一刻も早く、息子を連れて王宮から出て行こうとするはずだ。

(そんな勝手を許せるものか！)

ジュリアの息子の父親が、ベネディクトである可能性は低い。彼女自身も認めたのだから、おそらくはそうなのだろう。

だが――ゼロではない。

そこまで考えたとき、ベネディクトの頭にひとつの考えがよぎる。

(ちょうどいい。ジュリアには自国の王太子を……いや、一国の王を愚弄した罪、しっかり償ってもらうとしよう)

彼は銀色の髪から手を放した。

そして、なめらかなジュリアの頬をなぞりながら、片笑みを浮かべたのだった。

☆　☆　☆

頬に何かが触れた。

指先でなぞるようにして、今度は唇に触れ、二度三度とこする。

（クリス？　いやだ、わたしったら、寝過ごしたのかしら？　きっとお腹が空いたんだわ。奥様に朝の挨拶をして、それから、クリスに朝ごはんを食べさせなきゃ。ああ、昨日できなかったお洗濯の残りがあったわ……え？　昨日？）

そこまで考えたとき、指先は首筋から肩口までをなぞり始め……。

ジュリアはハッとして目を開けた。

「ここは……王宮？　わ、わたし、どうして……あ……いやあっ」

慌ててベネディクトの下から抜け出し、ジュリアは起き上がろうとする。

彼女が支えにしたのは、ベッドの支柱だった。太くてしっかりした支柱に縋り、その先にある天蓋から下げられた黒い天鵞絨のカーテンも一緒に掴んでいた。

六年前はたしか、絹糸で織られたレースのカーテンが下げられていたはずだ。

そのことを思い出すと、部屋の内装が少しずつだが変わっていることに気づいた。

ジュリアが毎朝、取り換えていた花瓶の花が……白い陶器の花瓶ごと、寝室から消えている。絨毯や窓に下がったカーテンも、やけに地味な色だ。前は、新婚夫婦の寝室にふさわしい、色とり鮮やかなものだった。

壁にかけられていた〝ユニコーンと乙女〟の絵も見当たらない。

（あれは、ヘームスケルク公国からの結婚祝いだったはず……カトリーナ様が引き取られた？　ううん、ベネディクト様が送り返されたのかもしれない）

そんなことを考えながら支柱に抱きついていたとき、ふいにベッドが軋み、少しずつベネディクトが近づいてきた。

「散々、私の下で喘ぎながら……朝になったとたん、まるで襲われたような顔だ」

昨夜の行為は、襲われたとは言わないのだろうか？

だが、恥ずかしい場所を彼の舌で愛撫《あいぶ》され、はしたなく乱れてしまったことは否定できない。

（ベネディクト様に、あんなところを……わたし、どんな顔をしたらいいの？）

思い出すだけで顔から火が出そうだ。

「あんなに……荒々しくなんて、それに、何度も……」

「何を今さら――おまえは、激しいほうが好みなのだろう？　六年前は、無垢なおまえを傷つけまいとして、素早く終わらせただけだ。無駄な気遣いだったようだが」

「どうして、そんな」

そんなふうに言われる理由が、ジュリアには見当もつかない。

彼女がクリストファーの父親はベネディクトではない、と言ったのは昨夜だ。だが彼は、六年前も同じように言い、憎しみに満ちたまなざしをジュリアに向けた。

今となっては、その理由を尋ねることもできない。

「昨夜は、陛下のおっしゃるとおりにしました。もう、お許しください。どうか、わたしと息子を自由にして」

「ほう、殊勝なことを言うわりに、その姿はなんだ？　たわわに実った胸をさらけ出し、朝っぱらから男を誘惑するとは……おまえの息子は、いい母親を持ったものだ」

ベネディクトから逃れようとしただけだった。

ジュリアは指摘されるまで、自分が彼の前で裸体を晒しているとは思わず、大慌てで掛け布を手繰り寄せようとする。

だが、それをベネディクトに阻まれた。

「か、返して、ください」

「これは私のものだ。おまえに返す義務はなく、与えるつもりもない」

たしかに、この部屋のものはすべて彼のものだろう。

ジュリアは胸元を隠しながら、自分のもの——昨夜脱いだ下着やデイドレスを探した。

そのとき、彼はおもむろにベッドから降り、立ち上がった。ジュリアから取り上げた掛け布を引きずるように腰に巻きつける。

窓ガラス越し、弱々しい朝の光が寝室に広がっていく。それでも、ベネディクトの裸身を照らすのに充分な光だった。

六年前より、いっそう逞《たくま》しくなった気がする。

ジュリアを抱きしめる腕も、組み伏せられたときの肌の感触も、そして、胎内に押し込まれた熱も――。

彼の姿を垣間見るだけで幸せだった日々を思い出し、ジュリアは息苦しくなる。

「探しているのは、コレか？」

彼が拾い上げたのは、薄い綿のドロワーズ。

「そ、それは……それは、わたしの、ものです」

「たしかに。では、返してやるから、ここまで取りに来るといい」

ベッドから降りるということは、下半身まですべて見られることになる。

命令されたとはいえ、自ら下着まで脱いだのだ。こうなってしまったら、今さら淑女のふりをしても無駄だろう。

ジュリアはゆっくりと足を動かし、立ち上がった。

その拍子にコプッと音がして、躰の奥からトロリとした液体が流れ落ちてくる。月の物が始まったのかと思ったが……内股を伝っていたのは白濁の液体だった。

太ももを擦り合わせ隠そうとするが、ベネディクトの目はごまかせなかったようだ。

「四度、いや、五度になるか。おまえの膣内《なか》にたっぷり注いでおいた。今度こそ、私の子を孕ませてやろう」

「そんな、こと……王妃様に、なられる方がいらっしゃるのに……陛下が、わざと私生児をもうけるだなんて」

国教会を蔑ろにする、放蕩《ほうとう》貴族のような物言いだった。

六年前の、ジュリアが懐妊を告白する直前までのベネディクトからは想像もできない。

あのとき、いったんは求婚しながらすぐさま撤回し、ジュリアのことを罪人のように罵り始めた。だがあれは、彼の本当の姿ではないはずだ。きっと、とんでもない誤解をしているに違いない。

そう思うことで、高潔で神の教えを守ろうとする彼に戻ってくれる、と信じていた。

そのときは、どこにいてもジュリアのことを見つけ出し、迎えに来てくれる。息子の存在も喜んでくれるはずだ、と。

こんな再会など、望んではいなかった。

クリストファーの命を守るためとはいえ、罪深い嘘までつき、さらなる姦淫《かんいん》まで犯してしまったのだ。

しかも、今日明日にも投獄されるかもしれない身でふたたび身籠もってしまったら、今度はどうすればいいのだろう。

　ジュリアがうなだれると、ふいに厳しい声が聞こえてきた。

「この私が婚外子を、それも私生児をもうけるだと？　侮辱するな！」

「わたしは、堕胎はいたしません！」

　妻以外の女性を身籠もらせて、婚外子を持たない手段はひとつしかない。

　彼の言葉が、最悪の手段を指しているのだ、と思ったとき、ジュリアは我慢できずに言い返していた。

　その瞬間、ベネディクトの顔色が変わる。

「我が子を殺すような真似をすると思うのか⁉」

「でも、六年前は――」

　言いかけて、ジュリアは口を閉じた。

「それが懸命だ。六年前のことは二度と口にするな」

　背筋がゾクリとするような声だった。

　そして、続けて彼が口にしたことは、

「おまえの処遇を言い渡す――ジュリア・クレメンタイン・ランズベリー、息子共々、この王宮にとどまるように。期間は無期限、許可なく出て行くことを禁ずる――王命だ」

　予想すらしていないことだった。

出て行け、ではなく、出て行くな、と彼は言う。ベネディクトの真意を測りかね、ジュリアは眩暈《めまい》を覚えるほど何度も深呼吸した。

「わたしを投獄しないのですか？　でも、この王宮に？　それは、あの……わたしに、ふたたび女官として勤めろ、という意味でしょうか？」

「誰がおまえを女官にすると言った？　おまえは、王宮という名の監獄に入るのだ」

ベネディクトの尋常ならざる提案に、ジュリアは声を絞り出した。

「では、いったい王宮で何を……いえ、わたしのことは、陛下の気の済むようになさってください。でも、クリスは……あの子には関係のないことです。あの子には何もしないと、約束していただけないなら、わたしは」

「いいだろう。私がおまえの子に危害を加えない、という約束に――おまえを妻とし、子供は嫡子として迎えてやる」

「……陛下？」

彼は何を言っているのだろう。

ジュリアは自分の耳がおかしくなった、としか思えなかった。

「も、申し訳、ございません。あの……おっしゃる意味が、よく、わからなくて」

「姑息《こそく》な手段を使ってまで、私と結婚したかったのだろう？　望みどおり、おまえを王妃にしてやろう。おまえの子を世継ぎにはできぬが、王国内外に嫡子として宣言する。何よりたしかな約束だと思うが、どうだ？」

「そ、そんな、こと……今さら、できるわけが」

「できる。私は国王だ。それとも、おまえは監獄に入り、息子を救貧院送りにしたいか？」

我が子を救貧院に入れたい親はいない。

ジュリアの耳が壊れていないなら、ベネディクトはジュリアを妻に――王妃にすると言っている。

その上、ジュリアが『あなたの子供ではありません』と言ったクリストファーを、ベネディクトは嫡子にすると言い始めた。

「言っておくが――おまえを許したわけではない。一生涯、許すつもりもない。おまえは王妃となって私の世継ぎを産むのだ。おまえが償い続けることで、罪の子に王子の称号をくれてやろう」

寂しくても穏やかな六年間が嘘のようだ。

突如、回り始めた運命の歯車に、ジュリアはただただ翻弄されるばかりだった。

第三章　盲目なる恋情

ジュリアがランスの町から王宮へ連れて来られた二週間後――。

ベネディクト国王とジュリアの結婚式は、王宮の礼拝堂でひっそりと行われた。


「母上……僕の父上は、戦争で死んじゃったんだよね？　でもドクターが、僕の父上は国王様だって言うんだ」

目を覚ましたとき、いきなり王宮にいて……しかも、侍従や女官に傅かれ、『クリストファー様』と呼ばれたのだ。

部屋の中で見知った顔はルーファスだけ。

そのルーファスにしても、年に二、三回会ったくらいで、見覚えがあるという程度。母親のジュリアが家政婦をしている家の女主人、タバサの息子でお医者様、ということくらいしか知らない。

大人顔負けにしっかりしていても、クリストファーはまだ五歳。普通なら、母に会いたいと言って泣き出すだろう。

だが、彼はめったなことで泣く子供ではなかった。

ほぼ丸一日ぶりに、ジュリアがクリストファーに会わせてもらえたときも、彼は目に涙をいっぱい溜《た》めながら、それでも必死に泣くまいとしていた。

「僕は王子様だから、これから、ずっと王宮で暮らすんだって……でも、グリーンタウンのみんなには、ちょっとだけランスに行ってくるって言ったのに、もう、戻らないの？」

ジュリア自身も混乱したままだった。

彼女のどんな言動が気に入らなくて、あんなにも怒っているのか。あるいは、何をしてあそこまでの誤解を与えてしまったのか。

何もかも、さっぱりわからない。

かつて、ベネディクトの妻になれたら、と願ったことはある。もし自分なら、決してカトリーナのような真似はしない。身分の差はあっても夫に尽くした母のように、ジュリアも彼の支えになりたい、と願った。

そして、今のジュリアの望みは、息子とふたりで静かに暮らしていくことだ。

だがベネディクトはジュリアを王宮に連れ込んだ翌日には、彼女との結婚を告知した。

しかも、すでに生まれている息子の存在まで公表し、結婚を機に息子には王子の称号を与える、という宣言までしたのだ。

午前中は——気づいたら王宮内に入り込んでいた闖入者《ちんにゅうしゃ》同然の扱いだったのが、午後には国賓並みの待遇に変わったのだから……。

国王の威光というのは恐ろしい。

ジュリアは、ベネディクトが王太子だったときのことしか知らないため、その激変ぶりには呆気《あっけ》に取られてしまう。

「ごめんなさい、クリストファー。あなたがもっと大きくなったら、きちんと話すつもりでいたのよ。あなたのお父様は——」

ベネディクトから『罪の子に王子の称号をくれてやろう』と言われたあと、念を押された。

『子供には、私が実父であると話せ。妙な疑いを招けば、おまえの願いは叶えられなくなるぞ。よいな』

本当にそんなことを言ってしまっていいのだろうか。

嫡子と宣言しながら世継ぎから外せば、それこそ妙な疑いを招く。

それにこの先、ベネディクトが息子に恵まれなかった場合、自動的にクリストファーが世継ぎとなるのではないか?

ジュリアがそのことを尋ねると、

『婚姻前に生まれた子だ。国教会は彼に王位継承権を認めないだろう。仮に、おまえが私の息子を産まなかった場合でも、罪の子に王冠を与える気はない』

ベネディクトは恐ろしいほど冷ややかな声で答えた。

思い出すだけでゾッとするが、それをクリストファーに気取られるわけにはいかない。ジュリアはできる限り落ちついた声で、そして、微笑みながら話した。

「よく聞いて、クリストファー。わたしにあなたを与えてくださったのは、ベネディクト国王様なのです。そのときはまだ、王太子様でした」

「じゃあ、母上は……僕に、嘘をついたの？」

「それには、いろんな理由があって」

「父上は……国王様は、僕がいらなかったんだ！」

クリストファーは堪えきれなくなったのか、大きな声で叫んで涙をこぼした。

ジュリアはとっさに小さな息子の身体を抱きしめ、

「いいえ、違うのよ。国王様は、あなたが生まれたことをご存じなかったの。恨むなら、わたしを恨みなさい。あなたは決して、国王様を恨んではダメよ」

ベネディクトがクリストファーを、我が子と認める日は来ないかもしれない。

その証拠に、再会してから彼は一度もクリストファーの名前を呼ばない。関心を見せることもなく、ジュリアの嘘を聞く前から、いないも同然の扱いだ。

クリストファーは頭のいい子だから、じきに気づくだろう。

自分は国王から嫌われている、と。

(こんな小さなうちから、真実と向き合わせるなんて……でも、今ここでベネディクト様の怒りを買ったら、それこそ、わたしたち親子は生きていけない)

「国王様は感情を表には出されない方です。親しげにお声をかけてはくださらないでしょう。でも、このわたしを妃に迎えてくださるそうです」

「それ……それって、は、母上が……王妃、様?」

よほど驚いたのか涙が止まっている。

どうやら、ことの重大さが少しはわかったらしい。

「そうです。でも、忘れないで。国王様はあなたに王子の称号を与えるため、わたしを王妃にしてくださるのだから」

ジュリアは一度口を閉じ、そして、思い直したようにふたたび開いた。

「正しいことを言い、正しいことをしなさい。神様はちゃんと見ていて、必ずあなたの味方をしてくださいます」

「王子様になるのが……正しいこと? でも、王子様になったら、ジャックやトーマスに嫌われないかな? もう、みんなに会えない?」

クリストファーはうつむき、グリーンタウンの友だちの名前を呟いた。

田舎町に戻って、同じ年ごろの少年たちと一緒に、森の中で戦争ごっこをする日は二度とこないだろう。

大人の都合で振り回し、安定した暮らしを与えてやれない自分が不甲斐《ふがい》ない。

ベネディクトから遠ざけるためについた嘘が、どうしたことか、偽りの嫡子となり、王子の称号まで与えられることになってしまった。

ジュリアは大きく息を吸うと、クリストファーの顔を覗《のぞ》き込み、柔らかな髪を撫でる。

「ええ、正しいことよ。あなたは、国王様の息子なんですもの。ジャックやトーマスもわかってくれるわ。落ちついたら、グリーンタウンのみんなに会いに行きましょうね」

「うん！　あ……はい！」

とたんにクリストファーは笑顔に変わった。

（わたしはいつから、こんな嘘ばかりつくようになってしまったの？　正しいことなんて、ひとつもできなくて……。だから、大事なときに、神様も味方してくれない）

それ以上、息子の笑顔を見ていられなくて……ジュリアは目を逸《そ》らした。

☆　☆　☆

『今度の王妃様って、あの、王宮から出て行った元お妃様の、お付きの女官だったんでしょう?』

『婚姻が無効になってすぐ、陛下のほうから求愛なさったっていう話だけど……本当は婚姻中から仲よくなさっていたとか』

『でも、元お妃様って、女官にも暴言を吐くようなひどい女性だったと聞くわ。陛下が別の女性に安らぎを求められても、仕方がないんじゃない?』

『それもそうよねぇ。でも、陛下が結婚されて、本当によかったわ』

『ええ、ご結婚と同時に、可愛い王子様まで……これで、おかしな噂も一掃されるわね』

国王ベネディクトの結婚は、降って湧いたような慶事だった。

ジェイムズ国王崩御から一年、喪に服していた王宮が一気に華やかになり、そこかしこで、女官たちが噂話に花を咲かせている。

中でも、彼女たちがひと際興味を惹く話題は——。

ふたりが離れて暮らした六年間の〝真実〟だった。

六年前、ベネディクトはジュリアとの関係をジェイムズ国王に反対され、結婚することができなかった。別れを決めたあと、ジュリアの懐妊が判明。ベネディクトはジュリアを王宮医師ルーファスに委ね、彼を通じて密かに愛を育んできたのだ。

このたび、ようやくジェイムズ国王の喪が明け、ベネディクトはついに、国教会からふたりの結婚許可証をもらうことに成功したのだった。

「……という話が王宮、いや首都中、ひょっとしたら国中に広まっているようですよ」

わざわざ国王執務室までやって来て、噂話を聞かせるのはルーファスだった。

様々な書類に目を通し、必要に応じてサインを書き込みながら、ベネディクトは親友の言葉を軽く聞き流す。

「ああ、そのようだ。何か問題でも？」

「その噂のおかげで、私はペイトン市の社交界で一躍、注目を浴びております。秘密の恋の橋渡し役として、〝ドクター・キューピッド〟の別名をいただきました」

「けっこうなことではないか。それとも、〝国外追放の罪人を匿《かくま》った逆臣〟のほうがよかったとでも？」

その返答に、ルーファスは呆《あき》れたような顔をして、眼鏡のブリッジを押し上げた。

「それで……六年前の誤解は解けた、と思っていいのでしょうか？」

思いがけない質問に、ベネディクトの手が止まった。

「なんのことだ？」

「ジュリアから……いえ、ジュリア様からお聞きになったのでしょう？　私は話し合いを勧め、翌朝には、陛下は彼女との結婚を決めておられた」

ベネディクトは息を吐きながら、左右に首を振る。

「誤解も何も……ジュリア自身が認めたのだ。あの子は私の息子ではない、と」

「ま、まさか、そんな」

これほどまでに慌てたルーファスを見たのは初めてだ。

あまりにも意外で、ベネディクトのほうも居心地が悪くなる。

「ドクター・コーニッシュともあろう者が、いまだに彼女の色気に惑わされているのか？　言うまでもないが……彼女の息子は金髪だ」

「では、瞳の色は？」

「青い目の男なら、この国に五万といる。王宮だけでも、何人いると思うんだ？」

声にするうちに怒りが再燃してきて、ベネディクトは吐き捨てるように言う。

逆に、ルーファスのほうは自分のペースを取り戻したらしい。

「陛下のおっしゃるとおりです。そういえば、ヒューゴー卿も青みを帯びたヘーゼルでしたね」

落ちつきはらった嫌みな口調に、ベネディクトはデスクを叩いて立ち上がった。

「奴の名前を出すな！」

「いえ、むしろお尋ねいたします。六年前の顛末、私以外にもよく知る者がいたはず……。ヒューゴー卿もそのおひとりでしょう。彼はあの一件で、ジェイムズ二世陛下からお褒めの言葉と准男爵位を賜ったのですから」

ルーファスの言葉は正しかった。

ベネディクトが父にジュリアの懐妊を話し、結婚の許可をもらった直後、それを知ったヒューゴーが名乗り出たのだ。

『ジュリアに誘惑されました。自分と結婚してランズベリー男爵位を取り戻してほしい、と。彼女のような美しい娘に誘われたら、つい……』

つい、誘惑に応じてしまった。

だがそれはヒューゴーに限ったことではなく、王宮に出入りする目ぼしい男はたいがい声をかけられている。しかもその半数は、ジュリアのうぶな仕草に引っかかり、深い関係を持ってしまったはずだ、と。

『でも、まさか、王太子殿下にまで……。妃殿下との不仲を目にして、自分にもチャンスがある、と思ったのでしょう。――畏れながら、彼女のお腹の子の父親は見当もつきません』

ジュリアの本性を聞かされ、ベネディクトは混乱した。

「しかし、ジュリア様に直接尋ねることもせず、ろくな調査もなしで、一方的に彼の言葉を鵜《う》呑《の》みにするのは、公平さを欠くと思うのですが」

「やはりそうか。何人も法の下に裁かれる――ジュリアにそんな知恵をつけたのは、おまえだな、ルーファス」

六年もの間、ルーファスはジュリアを独り占めにしてきた。それは同時に、クリストファーの父親が彼ではない証だと、ベネディクト自身もわかっていた。

ルーファスは掴みどころのない性格をしているが、無責任な男ではない。わずかでも可能性があれば、ジュリアに求婚したはずだ。

彼は王太子の命令であっても、堕胎――人の命を奪うことはよしとせず、身籠もったジュリアに同情したのだろう。

ただひとり味方になってくれたルーファスに、ジュリアが心を許しても不思議ではない。

ふたりの仲がどれほど強い信頼の絆《きずな》で結ばれているか、わざわざ確認しなくても、容易に察せられる。

その事実がベネディクトの心を揺さぶった。

しかもルーファスは、

「それは否定しません。本当のことですから」

あまりにも平然と言い放つ。

それを見て、ベネディクトも黙っていられなくなる。

「証人がいたんだ！　あのときは言わなかったが、ヒューゴーの言葉を裏付ける証人がいた。無関係な第三者だ。だから父上も奴を信じ、爵位まで与えた」

「誰です、それは？」

「聞いてどうする？　ルーファス、おまえの仕事は王宮医師だ。法廷弁護士《バリスター》に転職するつもりなら、法曹院《インナー・テンプル》で学びなおせ」

ルーファスに言われるまでもない。時間が経つごとに、六年前の判断は誤りだったのではないかと、ベネディクトも思い始めていた。

ジュリアを追い出した直後、ベネディクトは愚行に走った。

首都郊外にある離宮に、自ら娼館の女を呼びつけたのだ。

カトリーナは反抗的で、ひと欠片《かけら》の好意も見せようとしなかった。一方、ジュリアは従順で、あとになって思えば、男心を掴む手管を身につけていたのだろう。そういった女性を相手にすれば、ジュリアでなくても大丈夫なはず――。

だがその思惑は、木っ端微塵《こっぱみじん》に砕け散った。

妻を娶《めと》ることなどできない。女には近づくことも御免だ。いっそ、公言してしまいたいが、それでは王太子の義務が果たせない。

ベネディクトは父にだけ下半身の事情を告げた。

廃嫡も覚悟したが……いつの間にか、新しい王太子妃選びの夜会は中止になり、ベネディクトに結婚を勧める人もいなくなった。

しかし、そんな我がままが通用したのも、王太子でいられたときまでのこと。

即位すると同時に、議会でも新国王の結婚が議題に上がり、近隣諸国の王家からは、婚姻による同盟強化の申し出があった。

エディントン王家の人間も、次々にベネディクトのもとにやって来た。

言いたいことは誰も同じだ。

『王妃不在というのは、ゆゆしき事態ですぞ。エクランド王国の国王ともあろう者が、責任を果たさぬおつもりですか?』

隠居して田舎の領地に引き籠もっている高齢の大叔父まで王宮に姿を見せ、説教を始めたのである。

ふとした瞬間――ジュリアの顔が頭に浮かぶ。

王宮の地下で、冷たい石畳に跪《ひざまず》かされた彼女に『おまえの犯した罪にふさわしい罰を与えてやる』と怒鳴りつけた。助けを求めて涙に潤んだ瞳が、恐ろしいものでも見たかのように見開かれたことを覚えている。あのときの彼女の顔が、いつまでたっても、ベネディクトの脳裏に焼きついたまま消えない。

堕胎を命じた子供は、我が子だったかもしれない。

そうでなかったとしても、神をも畏《おそ》れぬ最悪の選択だった。あのときは、ジュリアに向けた怒りを腹の子にもぶつけただけだ。

もし、ヒューゴーの言い分が違っていたら、自分は恐ろしい罪を犯したことになる。

その一方で、自分を騙し、裏切ったジュリアを、殺したいほど憎んだ。

だが今となれば……ジュリアを手放すべきではなかったと思う。国外追放などにせず、目の届くところに置いて子供を産ませ、生まれた子供を取り上げればよかった。

子供と引き離すことが、不品行な彼女に与えるべき最も重い罰――。

いや、本音は違う。

二度と他の男と不埒な真似ができないよう、ジュリアをどこかに閉じ込め……ベネディクトの言いなりになるまで、あの躰に教え込んでやればよかったとすら思う。

（その行いも、充分、不品行だな）

堅く目を閉じ、指の先が白くなるまで拳を握りしめる。

そんなベネディクトの様子に気づいたのか、ルーファスはふいに話題を変えた。

「昨日、シーマン公爵閣下がお見えでしたね。陛下のご結婚を、さぞかし喜んでいらっしゃることでしょう」

真相は全く逆なのだが、ルーファスも承知で言っているのだろう。

ベネディクトは肩の力を抜き、彼の話に合わせた。

「ああ、叔父上も喜んでいたよ。本当に私の子か、本当に夫婦関係を結んでいるのかと、うるさいくらいだった」

シーマン公爵、オーガスタス・ウィンストンはジェイムズ国王の弟にあたる。

厳格で堅物と評された兄に比べ、弟のオーガスタスは……よく言えば、固定観念に縛られない柔軟な人物。正直に言うなら、不行状を重ねたうえに度を越した好色漢だった。

嫡子は五人、庶子は十人以上、私生児にいたっては数えきれないと聞く。

おまけに、植民地へ視察に行くたび、様々なものを無断で持ち帰っている。いわゆる〝密輸〟をして私腹を肥やしているのだが……父にしては珍しく、大目に見ていたらしい。

王位を継いだあと、父が弟の不正に加担していたなら正さなくてはと思い、ベネディクトはその辺りの事情を調べた。

すると……それらはすべて、ベネディクトが原因と聞かされてしまう。

ベネディクトが妃を迎えなければ、当然、世継ぎも生まれない。

その場合、次の王はオーガスタスだ。

次期王位継承者が声を大きくして、ベネディクトは王太子にふさわしくないと言えば、それに同意する人間も出てくるだろう。人数が増えれば派閥となり、他国を巻き込めば……彼を旗印として、内乱が起こる可能性すら出てくる。

そのオーガスタスだが、ジェイムズ国王の存命中は、目こぼしされている程度で満足していたようだ。

彼の言動が変わったのは、兄王が亡くなったあと、性的不能者の烙印《らくいん》を押されている甥《おい》、ベネディクトが王座に就いてからだった。

彼は兄に小言を言われるのが嫌だったらしく、長い間、王宮からは遠ざかっていた。

それがこの一年、王家の人間の中で最も王宮に顔を出すようになったのだ。ベネディクトがジュリアと再会する数日前もやって来て、王妃を決めろと急かされた。

『兄上の喪が明けるまで結婚は考えられない、と言っていたな。一年も経てば充分だろう。いい加減、はっきりさせたまえ』

三ヵ月、半年、一年と王妃選びの話が上がるたび、ベネディクトは先延ばしにしてきた。

その都度、

『そんなに急ぐ必要がありますか？　私が嫡子を生《な》さずとも、叔父上がいますし、叔父上の嫡男、リーヴァイもいるでしょう？』

叔父の面目を潰さないようにごまかしてきたが、今回ばかりは、それでは引き下がろうとしなかった。

『このままでは、我が国には王妃も王太子も不在のままだ。それが国家としてどれほど危うい状況か、わからんおまえではあるまい！』

王太子になれるのは現国王の嫡子のみ。王太子に不測の事態があった場合だけ、その嫡子が王太孫となることを我が国の法律は認めている。

現国王の叔父であるオーガスタスは、ベネディクトに万一のことがあるまで、『オーガスタス王子』あるいは『シーマン公爵』の称号で呼ばれる。二十代のベネディクトが、五十代のオーガスタスより短命とは思えない。息子のリーヴァイですら、ベネディクトより三歳上――彼が、『リーヴァイ王太子』と呼ばれる日も来ないだろう。

妥当に考えれば、次期国王はリーヴァイの子供になる可能性が高い。

だがオーガスタスは、生きているうちに自ら王位に就きたい、と思い始めたらしい。

『おまえも、形ばかりの妻を娶るのは屈辱だろう。死ぬまで世継ぎのことで責められるぞ。どうだ、我が公爵領は気候もよく、豊かな土地だ。そこで余生を過ごすのも悪くあるまい』

その豊かな土地を食い荒らし、領民に重税を課しているのはオーガスタスだ。

そんな男が王位に就けば、今度は国ごと食い尽くされ、果ては他国の侵略を受けるのが目に見えている。

それだけは阻止しなくてはならない。

だが、ベネディクトに世継ぎがいない現状では、次期王位継承者であるオーガスタスに強く出ることは避けたかった。

「あまりにも疑うので、寝室でも覗《のぞ》いていかれますか？　と言ったら、本気にするんだぞ。まったく、好色じじいめ！」

ベネディクトが感情を露にすると、ルーファスは嬉しそうに口元を綻ばせた。

「なんだ、その笑いは。まさか、見せつけてやればいい、とは言うまいな」

「ヒューゴー卿の言い分を信じるなら、ジュリア様は娼婦同然のあばずれ女。覗かれたところで、気になさらないのでは？」

次の瞬間――ベネディクトは壁にかけたサーベルを掴んだ。

その冷ややかな感触に一瞬躊躇したものの、すぐさま引き抜く。

「自国の王妃を〝あばずれ〟呼ばわりか？　ルーファス、いくらおまえでも許さんぞ！　立場をわきまえよ‼」

白刃を突きつけるが、ルーファスは顔色ひとつ変えることなく、静かに頭を下げた。

「申し訳ございません」

「ルーファス・コーニッシュ――おまえとジュリアの関係がどんなものであったとしても、すべて忘れるのだ。できぬと言うなら、たとえおまえでも王宮から追い出すことになる」

それはベネディクトにとって、これ以上ないほどの譲歩だった。

「ヒューゴー卿にも、同じ要求をなさったのですか？」

「奴には……植民地サルダムの副総督の地位を与えた。伯爵家の次男坊には、充分過ぎる出世だろう」

「そうですか……。しかし彼は、ペイトン市の社交界で注目を浴びることに全精力を傾けるような男に見えましたが」

ルーファスはベネディクトの言葉を完全に無視している。応じる気がないのか、あるいは話を逸らしているのか。

ベネディクトは首を左右に振り、サーベルを壁に戻した。

「この王宮に出入りして、王命に従わぬ者など……ルーファス、おまえ以外に、そんな不届き者はいまい」

「何をおっしゃいますやら。私は〝ドクター・キューピッド〟、陛下と王妃様の間を取り持った恋の天使でございます」

「……勝手にしろ」

寄宿学校で顔を合わせた約二十年前から、彼はこの調子だ。

腹立たしく思いつつ……最終的には、彼の言葉に納得させられてしまうのだから、どうしようもない。

「陛下――結婚式はひっそりと行い、お披露目《ひろめ》の晩餐会《ばんさんかい》もなく、王妃様は寝室に、第一王子は別館に閉じ込めたまま……となると、いずれ、おかしな噂も出てくるでしょう」

こんな感じでベネディクトの痛いところを突いてくる。

「一国民として、シーマン公を国王に迎えるのはご容赦いただきたく。そのためにも、陛下にとって王妃様はかけがえのない存在。婚前交渉の件は不問にされ、身分差もロマンスの噂に立ち消えになっております。どうぞ、この幸運を手放されませんように」

言うだけ言うと、ルーファスは恭しく頭を下げ、執務室から出て行くのだった。

悔しいが、ルーファスの言うとおりだ。

この六年で、ジュリアの代わりはいないと思い知った。ベネディクトの人生から彼女を追い払えば、女性の柔らかな肌を抱いて眠る夜は、二度と訪れないだろう。

ただ、ジュリアを許すとなると、あのクリストファーも受け入れなくてはならない。

ベネディクトの脚に飛びつき、『母上から離れろ！』と叫んだ。あの様子を見る限り、ジュリアはちゃんと子供を育てているようだ。

いや、それ以上に、彼女は我が子を愛している。

ベネディクトの言いなりになるのは、すべてあの子がいるためだ。それがわかっていたから、卑怯《ひきょう》を承知で子供を人質にとった。

今も、親子を引き離したままでいる。

そして――ベネディクトはまだ一度も、クリストファーに声をかけることも、名前を呼ぶことすらできずにいた。

☆　☆　☆

結婚式から一ヵ月が過ぎ――。

王宮の庭に初夏の風が吹き始める。

「まあ、王妃様、モーヴがよくお似合いでございますわ。ペイトン市の社交界では今、このお色のドレスが流行しておりますのよ」

そう話すのは、王室御用達《ごようたし》の仕立て屋の女主人だ。彼女は先の王妃、クローディア王太后のドレスも仕立てていた、と自慢げに話す。

数多《あまた》の貴婦人のドレスを仕立てているにもかかわらず、へームスケルク公国の公女は、

『エクランド王国の流行遅れのドレスなんて、恥ずかしくて着たくないわ』

そんな言葉で仕立て屋から〝王室御用達〟の看板を取り上げようとしたらしい。

「社交界をご存じない、山国の公女様には困ったものですわ。陛下が、こんなにもお美しい我が国のレディを王妃様に選ばれたのも、当然ですわね」

下級貴族である男爵家令嬢に〝レディ〟の称号はつかない。

女主人もそれくらい承知しているだろう。だが、彼女はジュリアにへつらうように、媚態《びたい》を露にしている。

(これが王妃の威光かしら？　でも、急にこんなたくさんのドレスを……ベネディクト様は何を考えてるの？)

国王から注文を受け、仕立て上がったばかりのドレスを持参したと言われたら、嫌な顔もできない。

サイズはベネディクトが指示したらしい。実寸と大きな差はなく、彼にすべてを知られている気がして、ジュリアは赤面するしかなかった。

さっそく着せられたのは、舞踏会用の正装《フル・ドレス》。ドレスの色は彼女の言うとおりモーヴ色、半袖で襟ぐりが大きく開いており、胸の谷間がくっきり見えるデザインだ。

それに比べて、晩餐会用の半正装《デミ・トワレット》は、露出が控えめになっている。若草色の清楚《せいそ》なドレスだった。

この六年で、ドレスの流行はだいぶ変わったらしい。以前は限界まで締め上げていたコルセットも、今はそれほどきつく締めるものはないという。正装用のクリノリンも比較的小さく、軽くなっており、その動きやすさにジュリアは驚いた。

（女官用のドレスですら、着替えるのにとっても時間がかかっていたのに……。あのころが嘘みたいだわ）

「裾をもう少し伸ばしたほうがよろしいですわね。ここ最近、ヒールのあるシューズが人気になっておりますの。でも、王妃様の足首が見えては一大事ですわ」

ほんの少し前まで、ジュリアは家政婦として働いていた。外を歩かざるを得ない女性は、底に硬い革を使った靴を履く。

しかし貴婦人は、美しい装飾が施された子ヤギ革のフラットシューズを履いていた。移動はすべて馬車、絨毯の敷き詰められた室内のみを歩くのだから、靴裏が丈夫である必要はない。

それが最近になって、靴裏に硬い革を張り、ヒールの部分を真鍮《しんちゅう》で補強した靴が流行の兆しだという。

しかも、今の若いレディたちでは、ドレスの裾を長くして靴を隠すことはしない。それどころか、歩くたびにドレスの裾を捲れ上がることを想定して、靴やストッキングを選ぶというのだから驚きだ。

彼女たちは、ヒールにドレスとマッチした光沢のあるサテンを貼りつけたり、絹のストッキングに色鮮やかな刺繍《ししゅう》をほどこしたりしていた。

足首が見えるくらい大きく動くのは、はしたないこと。裸を見られるくらい恥ずかしいことだと言われて育ったジュリアには、革命的なことに思える。

(男爵領のあった辺りなら、きっと今も、昔と変わらないんじゃないかしら？　でも、そんなわたしが正装……こんな高価なドレスを着る日が来るなんて)

極上の絹タフタのドレスを身に纏っている。

ジュリアは、王妃の間いっぱいに広げられた衣装を見て、何度目かのため息をついた。


数日前からやっと、王宮の中を自由に歩けるようになった。

どこに行くのも侍女や女官を引き連れて、ということになるが……。寝室と隣にある書斎、それに続く居間という、狭い範囲で過ごすだけよりははるかにましだ。

さらには昼の数時間、薔薇園の四阿で待ち合わせ、クリストファーと一緒に過ごせる時間ももらえた。

今のジュリアには、それが最高に幸せな時間だった。

ドレスの試着は早めに切り上げ、いそいそと薔薇園に向かう。

そこには、クリストファーが先に来て待っていた。

淡い金色の髪は綺麗に切り揃《きそろ》えられ、一人前にクラヴァットを結び、ブリーチズまで穿かされている。その姿は、どこからどう見ても小さな王子様だ。

「今日の母上は、お姫様みたいだ」

ジュリアは舞踏会用のドレスを脱ぎ、モスリン地を重ねたシンプルな白いデイドレスに着替えてきている。

それでも、以前に比べたら雲泥の差だろう。

髪形も、長い髪を後ろでまとめて縛るだけとは違い、侍女の手で丁寧に結い上げてもらった。陽射し除《よ》けにかぶった大き目のボンネットにはレースがふんだんにあしらわれており、それがお姫様のティアラに見えても無理はない。

「ありがとう、クリス。あなたも間違いなく王子様だわ」

ジュリアは笑顔で言いながら、クリストファーの額に口づけた。

すると、とたんに彼の表情が曇る。

「どうしたの？　何かあった？」

「う、ん……僕って、本当に王子様なのかな？」

うつむくクリストファーの顔を覗き込んだとき、ジュリアは胸が痛くなった。

何かあったのは間違いなさそうだが、しつこく問《と》い質《ただ》すと、さらに傷つけてしまいそうだ。

ジュリアがなんと言って聞き出そうかと考え込んでいたとき、クリストファーの後ろに立つ第一王子付きの女官、マーガレット・ベイリーが前に出た。

「王妃殿下に申し上げます。実は今朝、こちらの薔薇園で……」

今朝早く、クリストファーは薔薇園を訪れた。

ジュリアに贈るため、オールドローズの中から八重咲きの淡いピンク色の薔薇〝ヒュームズブラッシュ〟を選び、摘み取ろうとしたときだった。

そこにベネディクトが姿を見せたという。

顔を合わせた瞬間、ふたりとも固まった。

ベネディクトが無言のまま踵《きびす》を返したとき、クリストファーのほうから声をかけた。

『お……おはよう、ございます……父上』

それは自信なげな、か細い声だった。

ところが、ベネディクトは足を止めることなく、立ち去ってしまい――。

「小さなお声でしたので、陛下のお耳には届かなかったのかもしれません。あるいは、他のことを考えていらっしゃったのかも」

マーガレットは自らの責任のように、肩を竦めて申し訳なさそうに言う。

彼女はジュリアと同じ年代か、もっと若いだろう。ブルネットの髪を左右で分けて三つ編みにしている。ジュリア自身が王宮に上がってすぐのころを思い出し、彼女に悪い印象など持ちようがない。

「メグに聞いたら、父上、と呼んでいいって。でも、みんなと同じように、陛下って呼ばないと、返事してもらえないみたい」

クリストファーはしゅんとした様子で呟く。

女官を愛称で呼んでいることに、少し引っかかったが……今はそのことを気にしている場合ではない。

ペイトン市は首都だけあって、とても賑《にぎ》やかだ。

王宮も公務に使われる正殿のほうなら、大勢の人が出入りしている。もし、そういった場所であったなら、子供の声などかき消されてしまうかもしれない。

だが、奥まで入ってくる人間は限られており、ましてや、王の寝室に近い薔薇園は日中でも人が少なかった。

朝の静寂の中、ただでさえよく響く子供の声が、聞こえないはずがないだろう。

考えれば考えるほど、ジュリアの胸に憤りが込み上げてくる。

「クリストファー殿下のために、さっそく、ご学友と家庭教師を選んでいただいたのですが、来年には寄宿学校へ、というお話も耳にしまして……」

マーガレットの言葉は、ダメ押しに近いものだった。


ジュリアはこの日初めて、国王の執務室を訪ねた。

王太子だったときより一段と広い部屋だ。国王の威厳を示したいのか、絢爛豪華《けんらんごうか》な装飾に圧倒されそうになる。

入ってすぐのところに、ステンドグラスがはめ込まれた三連の衝立《ついたて》が置かれていた。

室内の様子が一望できず、一見すると邪魔な代物だ。しかし、この衝立は飾りではなく、国王の命を守るためのものだった。

厳重に守られた王宮だが、国王の命を狙う者が入り込まないとは限らない。そんなとき、暗殺者の目から一瞬でも国王を守れたら、わずか数秒で反撃に転じることができるという。

王太子時代のベネディクトから、そんな話を聞いたとき、

『王太子殿下の執務室にはないのですか？　殿下も、狙われるかもしれないのに』

『国王が殺されたら、戦争をもくろむ連中が一気に攻め込んでくる。王太子なら、そこまでの影響はない』

『でも、わたしには、王太子殿下のほうが……あ、いいえ、国王陛下と同じくらい、大切なお命です』

必死に抗弁するジュリアに向かって、ベネディクトは優しく微笑んでくれた。

そんな、懐かしい思い出に浸りかけたとき――壁にかけられた鏡越し、ベネディクトと視線が絡んだ。

昔と同じ、黒い革張りの椅子に座っている。彼の前に置かれた赤褐色の執務机は、王太子時代に使っていたものに違いない。

公務で外出していたのか、黒の軍服姿だ。ただ、結婚式で目にした、懸章《サッシュ》や金の飾緒《モール》はない。かろうじて、左胸に勲章《メダル》がひとつあった。

結婚式を挙げてから早一ヵ月。

その間、ジュリアは彼の公務に一度も同行していない。国王として執務中のベネディクトを見るのは初めてだった。

彼の姿はとても凛々《りり》しくて、不覚にも見惚れてしまいそうになる。

「何をしている？　ここは王妃の来る場所ではないぞ」

ベネディクトの厳しい声が飛んできて……ハッと我に返り、自分がなんのために執務室に来たのかを思い出した。

そのときにはもう、彼の視線は書類に向けられており、

「お話があります」

「話なら夜にすればよい。毎夜、寝室で顔を合わせているだろう?」

一転して、ベネディクトの声に甘やかな気配が漂う。

ジュリアはそのとき、部屋の隅に控える従僕の姿に気づいた。

彼も国王の言わんとする意味を察したのだろう。顔を赤らめてジュリアのほうをチラチラと見始める。

「わかったら、さっさと戻りなさい」

まるで、子犬でも追い払うような言い方だった。

つい、カッとして、

「嫌です」

「ジュリア?」

「寝室では……ご自分のなさりたいことを、済ませたら……す、すぐ、いなくなってしまわれるじゃありませんか」

熱く火照った頬を押さえながら、ジュリアも言い返す。

それが意外だったのか、ベネディクトはようやく顔を上げてくれた。そのまま、食い入るように彼女の顔をみつめ続ける。

この状況に一番困っているのは、ふたりと同じ部屋にいる従僕の青年だろう。

彼はもう、ジュリアの顔を見ることもできない様子だ。かといって、勝手に出て行くことは許されず……息を殺すようにして、微動だにせず立ち尽くしている。

執務室に奇妙な沈黙が広がった。

三人がそれぞれの思惑で無言を貫いていると、しばらくして、ベネディクトが大きく息を吐いた。

「わかった。話を聞こう。ボブ、席を外してくれ。呼ぶまで戻らないように」

「はっ、はい！　承知いたしました！」

従僕のボブは弾かれたように敬礼し、部屋から飛び出して行く。

ふたりきりになり――ジュリアは覚悟を決め、口を開いた。

「クリストファーのことです」

その瞬間、ベネディクトの口から小さな舌打ちが聞こえてきたのだ。

聞きたくない、という態度に不快感を覚えながら、ジュリアは言葉を続ける。

「わたしの言葉を無視して求婚されたのは、陛下ではありませんか？　クリスに王子の称号まで与えたのも……」

その理由はもうわかっている。

六年前、ジュリアが処女のふりをしてベネディクトを騙し、父親のわからない子を王太子の子と偽ってまで、彼と結婚しようとした――と、頑《かたく》なに思い続けているくせに、それでもジュリアを妻にした理由だ。

ベネディクトはジュリアの躰を気に入っている。

いや、それ以上に、彼はジュリアにしか性的欲望を感じないのかもしれない。

どうしてそうなってしまったのか、原因まではわからない。だが、彼が世継ぎをもうけるために、ジュリアが必要なのは明白だった。

ベネディクトが夜ごと寝室を訪れるのも、ジュリアが懐妊するまでのこと。

そして、彼女に見張りをつけて王宮に閉じ込めておくのも、生まれてくる子供が間違いなく王家の血を引いていると確信するため。

(悲しくなんてないわ。六年前は、愛されていると勘違いしてしまったけど、今はもう、何も知らない十六の小娘じゃないもの)

ベネディクトのことを、誠実で紳士的な男性だと信じていた。

カトリーナとの婚姻が無効になれば、ジュリアにも愛の言葉をささやいてくれるはず。お腹の子供も慈しんで育ててくれるに違いない、と。

ジュリアは様々な思いをグッと呑み込んだ。

「それにもかかわらず、あの子を無視するのはやめてください！」

「ニコニコ笑って、父親の役目を果たせとでも？　あれが罪の子だと言ったのは、おまえ自身ではないか」

「クリストファーです！　あの子の名前は、クリストファー・ヨハン・ランズベリー、いえ、今はクリストファー・ヨハン・エディントン‼　あなたが、その姓を与えたんです」

ジュリアが息子の名前を叫ぶと、ベネディクトは横を向いた。

「クリスには……父親がいました。国のために戦場に赴き、命を失った軍人の父親が――。もちろん、わたしのついた嘘です。でも、あの子にとっては真実でした」

五歳の少年が誇りに思っていた父親を取り上げられ、エクランド王国の国王が父親だと聞かされたときの気分は、どれほどの驚きだろう。

おまけに、母親からも引き離され、『クリストファー王子』と呼ばれる気分は……。

「それでも、あの子は……あなたを『父上』と呼んだのでしょう？　それを無視するくらいなら、最初から、わたしの連れ子だと言えばよかったんです！」

「そんなこと、言えるわけがあるまい」

「それは……例の噂のせいですか？」

六年前、カトリーナとの婚姻が無効になった原因は、初夜の発言が許せなかったからだと思っていた。だが彼女は、義務を果たすために嫁いできた女性だ。ジュリアの目にベネディクトは憧れの人として映ったが、彼女の目には、そうと映らなかったのだろう。

しかし、彼に恋焦がれる女性はきっといる。

その中には、レディの称号を持つ女性もいるに違いない。そんな女性と出会ったら、ベネディクトは間違いなく結婚するはずだ。

だからこそ、たった一夜で懐妊してしまったジュリアをよく思わなかった。

ジェイムズ国王を引っ張り出してまで、国外に追い払おうとしたのも、そんな理由ではないだろうか。

ところが、ベネディクトの下半身事情は、彼の思うとおりにはならなかったに違いない。

そこにふたたび、ジュリアが現れ――。

「よけいなことを言うな。おまえが息子のことを思うのなら」

「よけいな？　たとえば……父親と教えられた国王は、本当は自分を殺そうとした人だった、とか？」

ベネディクトは恐ろしい顔で睨んだが、ジュリアはその視線を真正面から受け止めた。

「わざわざ教えなくても、いずれ知るでしょう。第一王子なのに、王位継承権を持たない意味を。これから生まれるであろう弟妹とも、差別される理由を。王子の称号を与えられたのは、国王の名誉を守るために利用されただけだと――」

「ああ、わかった、クリストファーだろう？　あの子の名前はクリストファーだ！　私の息子で、第一王子、クリストファー・ヨハン・エディントンだ。これでいいか？」

何度も繰り返されたら、それ以上は言えなくなる。

だが、ジュリアはきっと、『それでいい』という顔をしてなかったのだろう。

彼は苛立《いらだ》たしそうに前髪をかき上げた。

「言っておくが、おまえたち親子に嫌がらせをしているわけではない。私自身、生まれてすぐに母から引き離され、別館で乳母《ナニー》や女官、子守女中《ナースメイド》に育てられた」

エディントン王家の男子は――五歳になれば学友が選ばれ、何人もの家庭教師がつく。その家庭教師たちから、基礎的な勉強、乗馬、剣術、世界情勢等々、多岐に亘《わた》って教え込まれる。その後、十歳になれば身分を伏せて、寄宿学校に放り込まれるのだ。一貴族の子弟として、最低でも五年、王宮に戻ることも許されないという。

「一度も戻れないんですか？　王家の子供ならみんな？　それとも、あなたの場合は、王太子になることが決まっていたから？」

「一応、イエスだ。基本的に王家の男子は全員、寄宿学校に通うことを定められている。私の場合、王のひとり息子だったから、父はとくに厳しかった」

彼の言うとおりなら、クリストファーも寄宿学校に入ることは間違いなさそうだ。

軍人になりたがっていたから、大きくなったら寄宿学校で学ばせ、可能なら、卒業後は士官学校に入れてやりたいと思っていた。

そのときは、喜んで送り出すつもりだったが……。

「でも、来年は早いと思います」

「誰に聞いた？　ルーファスか？」

打てば響くような反応に、マーガレットの言葉が真実だったとわかる。

「クリストファーはまだ五歳、来年の春で六歳です。寄宿学校に入るのは、十歳なんでしょう？　それなのに、どうして？」

「それは……いや、ああ、そうだな。おまえが望むなら……クリストファーを寄宿学校に入れるのは、五年後にしよう」

理由を尋ねたつもりだったのに、彼のほうから譲歩してくれた。

再会してから初めてかもしれない。そう思うだけで、ベネディクトの変化にジュリアの心は揺さぶられる。

「あ、あなたを、怒らせたいわけじゃないんです。ただ、事情があるなら、聞かせてほしくて」

「たいした事情はない。なるべく早く、私たちの子供が欲しいと思っただけだ。今年中に授かれば生まれるのは来年、おまえには出産に専念してほしいと思った。私が……クリストファーを差別すると思い込んでいるようだが、神に誓って、そんな真似はしない」

ベネディクトが『神に誓って』というなら、その言葉に嘘はないと思えた。

ジュリアが落ちつきを取り戻すと、彼は椅子からゆっくりと立ち上がる。そして、ジュリアの隣に立った。

「話はそれだけか？」

「え？　他に何か……」

「新王妃のためのドレスを一式、注文しておいた。まあ、嫁入り支度《トルソー》のようなものだと思え。外套《がいとう》や靴、帽子も王妃にふさわしいものが届くだろう。あと、宝石類もおまえに似合いそうなものを見繕ってある」

　ぶっきらぼうな言い方だが……。

（そういえば、いきなりドレスの試着させられたんだったわ。でも、王宮から一歩も出してくれないくせに、外出用の外套や帽子なんて……必要なの？）

　気になっていたはずなのに、クリストファーの顔を見たとたん、ベネディクトに意見することしか考えられなくなっていた。

　彼に何を言えばいいのかわからず、とりあえず口を開く。

「あの、お気遣いいただき、ありがとうございました。でも、形ばかりの王妃であるわたしに、あんな豪華な正装は、もったいなくて」

　そのとき、大きな手がジュリアの頬に触れた。

　強引に上を向かされるのかと思ったが……その手は、頬から耳を優しくなぞっていき、髪を梳《す》くようにして撫で始める。

「形ばかりの王妃だと？　おまえは、名実ともに私の王妃だ。何があろうと、二度と手放すつもりはない」

それは『おまえが償い続けることで、罪の子に王子の称号をくれてやろう』そう言ったときの彼とは全然違う。

本当に、ジュリアのことを妻として思ってくれているようで……。

「陛下……あの……」

「名前で呼べ。ふたりきりのときは許す」

「そう言っておいて、いきなり怒り出したりするんじゃ」

六年前のことを思い出し、ジュリアは躊躇してしまう。

「怒るわけがない。なぜなら、おまえはもう、私の妻——エクランド王国のジュリア王妃だ。おまえとの結婚が取り消されることはないし、我が国の国教会は離婚を認めない」

たしかに、ベネディクトの言うことは嘘ではない。

だが実際のところ、『離婚を認めない』というのは建前だ。主教や司祭にもよるが、教会への寄進を積めば、たいがいのことには目を瞑《つぶ》ってくれる。

ベネディクトが本気になれば、ジュリアをふたたび追い出すことは難しくないのだ。

王家の力で押しきられた苦い過去が思い出され、ジュリアはおとなしく、伏し目がちにうなずいた。

「それと、来月には結婚披露の舞踏会を開く。もっと早く行いたいが、さすがに礼拝堂で式を挙げるのとは、わけが違うらしい。準備に時間がかかると言われた」

驚いて顔を上げたとき――唇を押し当てられた。

それはこれまで交わしたどの口づけより、甘くて情熱的だった。ジュリアはその場で崩れ落ちてしまいそうなほど、膝に力が入らなくなる。

「ん……あ、ぁ……ふ」

倒れそうになり、ジュリアは執務机の上に手をつく。

ガタンと音がして、ベネディクトの唇が離れ、代わりに手が腰に回された。

「ジュリア……私を裏切らないと誓え。二度と裏切らない、他の男を受け入れることはないと、そう約束するんだ」

なんと答えればいいのだろう？

ベネディクトを裏切ったことなど一度もない。他の男性など……論外だ。

だが、クリストファーを守りたいばかりに、ベネディクトの子供ではない、と嘘をついた。

撤回して真実を告げれば、彼はさらにジュリアを疑うだろう。

「それとも、おまえも、私の子は産み捨てて行くか？　クリストファーを連れて、この王宮を去りたいか？」

高貴なる青い瞳に、燃え盛るような炎を浮かべ、彼はジュリアを見下ろしていた。

ベネディクトは今も傷ついている、六年も前にカトリーナが放った言葉で。

ジュリアは大きく息を吸うと、

「いいえ、わたしは、我が子を手放すつもりはありません。クリスも、そして、これから生まれてくる子供たちも。でも、あなたが子供を取り上げて、わたしとクリスには王宮から出て行けとおっしゃるなら……それが、王命なら、従います」

そう答えたあと、ベネディクトの胸にしがみついた。

「でも、これだけは……もし、あなたが新しい王妃様を迎えて、わたしの子供を庶子にするおつもりなら……子供は、わたしが連れて行きます！」

ジュリアの剣幕に彼は驚いた顔をしたあと、フッと微笑んだ。

それは、心から安堵しているような笑みで……彼を取り巻く空気が柔らかくなったとき、ジュリアの警戒心も、少しずつ解かれていく。

ベネディクトはデイドレスの襟元に顔を埋めながら、手を伸ばしてドレスの裾をたくし上げようとした。

「デイドレスはどうして、スタンドカラーなんだ。しかも、律儀にコルセットまで……これでは、簡単に脱がすこともできない」

そんなことを口の中で呟いている。

以前はたしか、きちんとしたデイドレスを着用しない、カトリーナに怒っていたはずだ。

彼女はナイトドレスのようなモスリンドレスで王宮の庭園を歩き、人前に出るときもコルセットをつけていなかった。数年前の一時期、近隣諸国の貴婦人たちの間で、流行《はやっ》っていた着こなしだったように思う。

だが、保守的なジェイムズ国王を支持するペイトン市の社交界では、好まれるスタイルではなかった。

ベネディクトもそんな父親に同調していたはずだが……。

（でも今は、コルセットなんてつけなくていいって、言われたような……気のせいかしら？）

そのことを確認しようと口を開きかけたとき、彼の手がジュリアの内股に触れた。

「やっ、んっ……あ、あの、へい……いえ、ベネディクト様……こ、ここは、執務し、つ、ですから……あぁっ！」

ドロワーズの隙間を、長い指がツーッとなぞっていく。脚の間までたどりついたとき、思わず鼻に抜けるような声を出してしまった。

扉の外には、さっき出ていったボブがいるかもしれない。

少なくとも、衛兵が立っていることはたしかだ。

それなのに、まるでベネディクトを誘惑しているような声に思えて……自分で自分が恥ずかしくなる。

そのとき、ジュリアは執務机の上に押し倒された。

「きゃっ！」

直後、片足だけ持ち上げられ……脚を開かされたことで、ドロワーズの股の部分がパックリと開く。

彼女の慎ましやかな部分を、一気に暴かれた瞬間だった。

「こ、こんな、格好……」

貴婦人の取るべき格好ではない。

それも、真昼の執務室で――。

まるで本物の娼婦として扱われているようで、ジュリアの目に涙が込み上げてきた。

「そんな顔をするな」

「でも……わたし……」

ベネディクトは軍服の襟を緩めながら、黒い上衣の前釦を外していく。普段はブリーチズも黒だが、軍服を着たときは白だった。

彼はブリーチズを留めたズボン吊り《ブレイシーズ》を外しながら、前を引き下ろす。

「不道徳な行いだとわかっている。だが――執務室におまえを連れ込み、ドレスを剥《は》いで、思う存分に抱き合いたい。六年前は、そんな想像ばかりしていた」

少し上ずった声の、なんと色っぽいことだろう。

ジュリアの息まで上がりそうだ。

「それは……王太子殿下の執務室で?」

「ああ、そうだ。ほら、ここを、こんなふうにして……」

言いながら、彼の指先がジュリアの秘所をまさぐり始める。

「やっ、はぁう……ベネ、ディクトさ……ま、ぁっ、くっ」

ジュリアの薄紅色に染まった花びらを、彼は指先で大きく開いた。敏感な部分を軽く刺激され、あっという間にそこは充血し、固く尖《とが》っていく。

彼の指の動きはしだいに速く、強くなり……ジュリアは口から嬌声《きょうせい》が漏れる寸前、手の甲で口元を押さえた。

不道徳な行いとは、なんと甘美な快感を伴うことなのだろう。

このひと月で肉体の悦《よろこ》びを教え込まれ、ジュリアの躰は女に変えられてしまった。

ベネディクトがふたたびジュリアに疑惑を持ったとき……。そうでなくとも、彼がジュリアの躰に飽きれば、今度こそ永久に追い払われる。そうわかっていても止められない。

(触れられただけで、感じてしまう。こんな、いやらしい躰になってしまったのに……ベネディクト様に捨てられたら、わたし、どうしたらいいの?)

淫らに変えられてしまった自分が恥ずかしくて、ジュリアは必死に耐えようとする。

だが、指で淫芽を抓《つま》まれた瞬間……快感に溢《あふ》れ出《で》る蜜を、止めることなどできなかった。

しかもベネディクトは、その蜜を指先ですくい取るようにして、膣内《なか》に差し込んでいく。

「あっ……あぅ……ぁ」

緩やかにかき混ぜられ、さらなる愉悦の波に攫《さら》われそうになる。

堪えきれず、手の甲に歯を立てようとしたとき――その手をベネディクトに掴まれ、口元から引き剥がされた。

「顔を隠すな。声も、抑える必要はない」

そんなふうに言うが、廊下まで声が漏れたら、国王の執務室で行われているのが話し合いではないと知られてしまう。

ジュリアが首を横に振ろうとしたとき、指が抜かれ、すぐさま別のものが押し込まれた。

それは硬く逞しい、ベネディクトの肉の塊。グジュグジュと音を立て、欲棒ともいうべき彼の雄身がねじ込まれていく。

「やっ……あっ、ダメで、す……こんな、場所で……あ、あぁっ」

背中に硬い天板を感じる。

昂りで奥を突かれた瞬間、彼の重みを全身で受け止めることになり……。ベッド以外の場所で、それも硬い何かの上で抱き合うときの痛みを知る。

想像以上のつらさにジュリアが顔を歪めたとき――。

大きな手が背中と天板の間に差し込まれ、ジュリアの身体がふわっと浮いた。

「こうすれば、少しは楽か？」

ベネディクトの手は力強くて、そのまま彼に甘えてしまいそうになる。

そんなジュリアの心を敏感に読み取ったらしい。彼は片方の手でジュリアの手首を掴み、自らの首に回した。

「私に抱きついていなさい。放すんじゃないぞ」

「は……い」

ほんの少し身体を起こしたことで、より深い部分まで挿入される。繋がった部分がこすれて、新たな熱が生まれ……。

さらなる快感に、ジュリアは全身をピクピクと痙攣《けいれん》させた。

「どうした？　ダメだと言いながら、奥がヒクついているぞ」

「そ、それは……そんなことは」

違うと言いたいが、彼を受け入れている部分が、そう言わせてはくれなかった。

ベネディクトは両手で彼女を支えてくれた。軽く前後に揺さぶられ、抜き差しされているわけでもないのに……甘い疼《うず》きが波紋のように全身に広がっていく。

あまりの心地よさに、ここがどこかなんて、忘れてしまいそうだった。

「あっ……あぁ……わたし、わたし……もう」

「ずいぶんと気持ちがよさそうだ。だが、この程度では、物足りないのではないか？　もっと、強く動いてほしいのだろう？」

上ずった声で問われ、ジュリアは首を左右に振る。

「本当に？　おまえがそう言うなら、このまま抜いてしまおう。中途半端なまま、私の訪れを夜まで待てばよい」

一ヵ月前のジュリアなら、夜まで待てただろう。

だが、今の彼女は……ベネディクトが与えてくれる、この先の快感を知っている。それにもかかわらず、中途半端な状態で突き放されたら、おかしくなってしまうだろう。

降参して、『もっと強く動いてください』と言おうとしたとき――。

コンコンコンと扉がノックされた。

ビックリして、ジュリアの心臓は跳ね上がる。

(従僕が戻ってきたの？　それとも、別の誰か？)

息を呑んだ彼女とは逆に、ベネディクトは悔しそうに舌打ちした。

「――誰だ？」

一瞬、『邪魔をするな』と怒鳴るのかと思ったが、さすがにそれはやめたようだ。

だが、その声色は……まさに『邪魔をするな』と言わんばかりだった。

「ヒューゴー・オニオンズです。サルダム赴任前のご挨拶に伺いました」

見知った顔が脳裏に浮かび、ジュリアの鼓動はさらに速くなる。

いくら夫婦の営みとはいえ、貴婦人が夜の寝室以外で脚を開くことなどあり得ない。

それも、王妃のほうから執務室を訪れたのは明らかだ。ジュリアは破廉恥な王妃と呼ばれ、あっという間に、社交界に醜聞が広まるだろう。

急いで彼から離れ、乱れたドレスや髪を整えなくては、と考えるのだが……。

ベネディクトは彼女を抱きしめたまま、手を放そうとしない。

「放して、ください、ベネディクト様」

掠《かす》れるような小さな声でジュリアは必死に訴えた。

だが、ベネディクトは全く意に介さない様子で……彼女の膣から、雄身を抜こうともしなかった。

ジュリアは執務机の上で身をよじるが、そんなことで彼の下から逃げ出せるはずもない。

それどころか、彼女が身じろぎするたびに内側がこすれ、押し込まれた熱はさらなる力を漲《みなぎ》らせていく。

膣奥が蕩《とろ》けるように熱い。それは実に生々しい感触だった。ジュリアは目を見開き、訴えるように青い瞳をジッとみつめる。

その瞬間、ベネディクトはフッと笑った。

（え？　今の笑みって……どういう意味なの？）

彼女がその笑顔の理由を思いつく前に、ベネディクトは口を開いた。

「――入れ」

「!?」

俄には信じ難い返答だ。ジュリアが必死に首を振っても、彼に発言を撤回する様子は全くない。

　そのとき、扉の開く音が聞こえた。

　執務室に一歩足を入れる靴音まで聞こえてきて……。

「そこで止まれ！　衝立からこちらに入ることは許可しない。サー・ヒューゴー、挨拶はその場で済ませるんだ」

「は、はい。来月早々にも、サルダム国へ出発することが決まりました。副総督という身に余る地位をいただきまして、感謝の言葉も――」

　ヒューゴーの言葉がそこで止まった。

　息を呑む気配がして……ジュリアはハッと思い出す。

　衝立があるので、執務机のほうを直接見ることはできない。だが、壁にかかった鏡には、こちらの様子がすべて映っている。

　横を向きたいが、怖くて向けない。

　ジュリアの全身に緊張が走り、それは、躰の内側も同様だった。

「クッ……ジュリア、こんなときに、締めるな」

　ベネディクトの声が耳元で聞こえてきた。

　それに答えたいのだが、この状態で口を開けば、出てくるのは喘ぎ声だけだろう。

　ジュリアが唇を噛みしめた瞬間――ベネディクトが彼女の躰を突き上げた。

「はぁうっ！」

堪えきれず、ジュリアはひと声上げる。

そんな彼女の躰を容赦なく突き立て……ギチギチに張り詰めた肉棒の先端で、蜜窟の底を穿った。

「んん……んんんっ……ぁん」

痴態を人に見られている。

それは恥ずかしいことなのに、どれほど固く口を閉じていても、喉の奥から吐息が漏れてしまう。

執務机がふたりの動きに合わせ、ギシギシと音を立てる。

間違いなく、衝立の向こうまで聞こえていることだろう。この音がせめて、官能に塗れた吐息をかき消してくれたなら……。

ジュリアはそんな、慰めにもならないことを考えていた。

「どうした、ヒューゴー。挨拶は、それで終わりか？」

「い、いえ……サルダムで功績を挙げ、帰国しましたあかつきには――」

「そう、急ぐな。おまえは、彼の地で、務めを、果たすことだけ、考えよ」

ベネディクトの声が途切れるのは、その間も抽送を繰り返しているせいだ。

「はい。しかし――」

「もういい。下がれ」

短く告げると、ベネディクトは彼女の背中に手を添えたまま、ゆっくりと抱き起こした。

「……あ……ぁ、やっ……ゃぁ」

躰の奥にズンッと突き刺さった。

抜けないのではないか、と思えるくらい、深い部分に彼を感じて……。

「ジュリア、ジュリア……くうっ」

次の瞬間、熱い飛沫がジュリアの膣内《なか》に放たれた。

そのとき、ヒューゴーはまだ、衝立の向こうにいたのか、それとも、すでに出て行ったあとだったのか。

ジュリアにはわかるはずもなかった。


国王執務室をあとにして、ジュリアは王宮の奥にある王妃の間に向かう。

王妃付きの女官を呼ぶまで待て、と言われたが、無視して出てきてしまった。

『ひとりで来たのですから、ひとりで戻れます。でも、ベネディクト様はひどい。……ヒューゴー卿だけでなく、従僕や衛兵の方にも、いろいろと聞かれてしまったかもしれません』

杭《くい》のようなそれを抜いてもらい、自由になるなり、ジュリアは非難の声を上げた。

ベネディクトから離れ、自分の足で立とうとするのだが、足腰に力が入らない。その場で座り込んでしまいそうになり、結局、彼の手を借りてしまった。

悔しいあまりの訴えだったが、ベネディクトはどこ吹く風だ。

『ほう、そのわりに、寝室で抱き合うとき以上に蜜が溢れていたぞ。おまけに、ヒューゴーの声が聞こえたとたん、痛いほど私を締めつけてきた』

そう言われたとき、全身がカッと熱くなった。

それだけではない。こうして、早足で廊下を歩いている今も、思い出すだけで大事な場所にヌメリを感じる。

(ああ、どうしましょう。きっと、ドロワーズを汚してしまったわ)

ジュリアの足が止まり、ごく自然に太ももを擦り合わせてしまう。

直後、背後に靴音が聞こえた。

人の気配に振り返ろうとしたとき――大きな手に腕を掴まれた。

(ベネディクト様?)

半ば強引に振り向かされ、思いがけない顔を目にする。

「……ヒューゴー卿?」

つい先刻、会ったばかりの男性だ。

正しくは、声を聞いただけ、の男性。それも、とんでもない状況で耳にしてしまったため、ヒューゴーの顔が正視しづらい。

慌てて彼の手を振り払い、ジュリアは二歩下がった。

「久しぶりだね、ジュリア。まさか、君ともう一度会うことになるとは思わなかった。ホント、びっくりしたよ」

以前と変わらない口調で話しかけられ……。

ジュリアは不思議な感じがした。

なぜなら、六年ぶりに王宮で顔を合わせた人々は、全員が見事なほど態度を変えたせいだ。

当然といえば当然だろう。かつてジュリアは、貴族とはいえ末席に名前を連ねる、貧乏男爵家の娘だった。王宮にも招かれて来たわけではなく、単なる女官見習いである。

普段、女官に使われている女中たちからすれば、見習いのジュリアをいいようにこき使っていた経緯もある。

そんな彼女がいきなり、王妃として戻ってきたのだ。

その上、不能説が濃厚だった新国王の息子まで産んでいたとなれば――。

当時を知らない者が、純愛を貫いた国王夫妻とはやし立てる中、その王妃を邪険にはできないだろう。

彼らは皆、六年前のことなどなかったかのように振る舞っている。

このヒューゴーにしても、おそらくそんな態度を取るのだろう、と思っていた。

「ご無沙汰しております。その節は、大変お世話になりまして……お礼もできないまま、王宮を去ることになってしまい……」

とっさのことに、王妃の立場を忘れてしまったかのような挨拶になっている。

(これでいいの？　何かが違うっていうか……わたし、間違ってるのかしら？)

言葉が続けられなくなったとき、ジュリアは肝心なことを思い出した。

「あの……ヒューゴー卿、この辺りはすでに、陛下の私室近くになります。正殿のほうにお戻りになったほうが」

ヒューゴーはジュリアが王宮を追われたあと、准男爵に叙されていた。

ベネディクトの即位に伴い、王太子の側近から国王の側近にも格上げされている。そして今回、エクランド王国が植民地として支配するサルダム国に、副総督として赴任することが決まったという。

独身男性の中では出世頭と呼ばれ、年頃の娘を持つ貴族の間では最良の婿候補に挙がっている、といった噂も耳にした。

思えば……ジュリアがヒューゴーと話をしたのは六年ぶりだ。

それは、彼女がほとんど、王宮の奥に閉じ込められていたせいでもある。

間近で見て、ヒューゴーは以前に比べていっそう派手になったようだ。准男爵になったのだから、そのせいかもしれない。なんといっても彼は、爵位を求めていた。ランズベリー男爵位ほしさに、ジュリアに求婚したくらいである。

「准男爵位の叙爵、お祝い申し上げます。副総督としてサルダム国に赴任されたあとも、ご活躍をお祈りしております。――では」

羞恥心を隠すため、ジュリアはことさら堅苦しい挨拶を口にし、その場から立ち去ろうとしたとき――ヒューゴーに思わぬ言葉をかけられた。

「それもこれも、君のおかげだよ、ジュリア。ジェイムズ二世陛下からお褒めの言葉をいただき、順調に出世してたんだけどなぁ」

ジュリアは足を止めて振り返った。

「……わたしの？」

「そう、六年前のことだ。そう言ったら、わかるだろう？」

驚き過ぎて心臓が止まりそうだ。

六年前といえば、ベネディクトとの関係以外にない。

とっさに記憶を手繰り寄せるが……ジュリアが地下に連れて行かれたとき、ジェイムズ国王とベネディクト以外にいたのは、ルーファスと衛兵くらいだった。

あの中にヒューゴーはいなかったはずだ。

彼はいったい何が言いたいのだろう。

「いえ……わたしには、何も」

「でも、ビックリしたな。国外追放になったはずの君が、戻って来るとはねぇ」

ジュリアは目を見開いて、ヒューゴーの顔をまじまじとみつめる。もはや、恥ずかしいと言っている場合ではない。

王宮の使用人が急に辞めることは少なくない。不始末でなんらかの処分を下されたとしても、王家の威信を守るため、公表されることはなかった。ふと気づけば、いなくなっていた、といった具合だ。ジュリアのときもそうだったと思う。

仮に、ヒューゴーが公的書類に目を通せたとしても、『国外追放』の文字は書かれていない。

（あのときの、衛兵の誰かが話したの？　それとも、国王陛下……ジェイムズ二世陛下が、ヒューゴー卿に？　まさか、そんなこと）

立ち尽くすジュリアに向かって、彼は一歩近づいた。

身体がビクッと震え、ジュリアはさらに下がろうとするが――壁に当たり、それ以上、後退はできないと知った。

「僕は知ってるんだよ、ジュリア。六年前のことを、いろいろとね」

「そんなこと……そんな」

「世間で噂されてる純愛なんて、嘘っぱちだってことや……金髪の第一王子を、陛下が我が子とは思ってないこともね」

ジュリアは無言のまま固まってしまう。

「もっと、公表されたら不味いことも……あるよね？」

六年前の件、ベネディクトが公表されて困ることなら……ひとつだけある。

『――子供を産むことは許さん。たとえ、この一件が明るみに出て、私自身が国教会から破門されたとしても……。結果、王太子の地位から引きずり下ろされたとしても、だ』

あの言葉がおおやけになれば、国教会が黙ってはいないだろう。

事実ではないと答えれば済むことだ。しかし、ジュリアの知っているベネディクトなら、自らの地位を守るために嘘をつくような人ではない。

どれほどひどい言葉で罵られても、あんなに恥ずかしい目に遭わされたとしても、ベネディクトのそういった点だけは信用している。

二度、三度と深呼吸して、ジュリアはヒューゴーと向き合った。

「ヒューゴー卿……あなたは、いったい、何をおっしゃりたいんですか？」

できる限り、胸を張って相対するが、本当は怖くて逃げ出してしまいたい。

そんな彼女を見て、ヒューゴーはニヤリと笑った。

「ベネディクト国王は六年前のことを理由に、僕を植民地に追い払おうとしている。でも、前に言っただろう？　僕は将来、大臣になりたい。この国の中枢にいたいんだ」

「そんな……サルダム国の副総督は、かなり高い地位なのでは？　任期を終えて帰国されたときには、大臣への椅子にも近づいてる気がするんですが」

「それじゃ嫌なんだよ！」

ふいに、ヒューゴーは声を荒らげ、ジュリアに身体を押しつけてきた。

それは、王宮の中で感じるはずのない危険だ。身を竦めて、壁に身体を寄せる。

だが、さすがに人が来ると不味いと思ったのだろう。ヒューゴーは声を潜めた。

「いいか、ジュリア。君からベネディクト国王に頼むんだ。僕の赴任を取りやめてくれってね。簡単なことだよ。君がベッドでねだれば、奴は言いなりさ」

「言いなりなんて、あり得ません。陛下はわたしを……」

愛しいとは思っていない。ベネディクトがジュリアに求めているのは、夜ごとの快楽と世継ぎを産むことのみ。

そんなことをヒューゴーに話すわけにもいかず。

「おいおい、そんなごまかしは通用しないから。なんといっても、あのベネディクト国王が、執務室でお愉《たの》しみとはねぇ」

「そっ、それは」

ジュリアの顔は一瞬で真っ赤に染まる。

「嫌ならいいけど……大変なことになるのは陛下だけじゃない。君の可愛い息子も、ただじゃ済まないよ」

「待ってください！　クリスにはなんの関係もないことでしょう⁉」

クリストファーが関わるとなれば、ジュリアも黙っていられない。

そのことを尋ねようとしたとき、廊下を歩く足音と、人の話し声が聞こえてきた。

「黙って言われたとおりにしろ。いいな」

ヒューゴーは脅すように告げると、サッと姿を消す。

ジュリアは壁にもたれかかり、しばらくの間、動くこともできなかった。

第四章　真実の罪と罰

ベネディクトが別館に足を運ぶのは、何十年ぶりだろうか。

別館は王子や王女を養育するための館だ。大勢の人間が出入りする王宮とは完全に切り離されているため、ジュリアに与えた部屋とはかなり離れている。

それは子供を様々な危険から守るためでもあり、決して、閉じ込めることが目的ではない。ましてや、母と子を引き離し、それぞれに言いなりにするためでもなかった。

（なかったのか……本当に？）

別館に繋がる通路脇、高い生け垣が整然と連なる。生け垣の向こうにあるのは迷路《メイズ》だ。生け垣は大人の背丈より高い。動かせる部分もあり、そこを入れ替えることで、いくつものパターンが楽しめるようになっていた。

ベネディクトが子供のころ、通り抜けられる道を覚えるたび入れ替えられてしまい……その都度、ムキになって正しい道を探したものだ。

『あの子を無視するのはやめてください！』

そう言いながら、ジュリアが国王執務室に乗り込んできたのは三日前のこと。

無視したつもりはなく、ただ、何も答えられなかっただけだった。

ジュリアが産んだ、罪の子に――。

クリストファーを見かけるたび、胸が痛くなる。光り輝く金色の髪が、ベネディクト以外の父親の存在を思わせ……どうにも見ていられない。

しかも、ベネディクトが殺せと命じた子だ。

『お……おはよう、ございます……父上』

彼から父と呼ばれたとき、後ろめたさに逃げ出した。

だが、いつまでも逃げ回ってはいられない。

早いうちに……と考えていたとき、クリストファーの教育係としてつけた侍従ロジャー・タスカーが執務室を訪れ、別館で問題が生じている、と訴えてきた。

『家庭教師がふたり、ご学友が三人、お辞めになりました。勉強をはじめて、半月足らずでこの有様です』

『理由はなんだ？』

『もちろん、クリストファー殿下です』

教師の指示に従わない。授業を受けずに逃げ出してしまう。学友に対して暴言を吐く。さらには暴力まで加えて怪我をさせた。

『王妃様には、まだ報告しておりません。陛下のご指示をいただいてから、と思いまして』

ロジャーは四十代、貴族の出身だが爵位はない。長年、ジェイムズ国王の侍従を務め、ベネディクトの即位とともに、彼の侍従となった。

ロジャーのことは、喜怒哀楽が少なく、融通の利かない男というくらいしか知らない。数年前にようやく妻を迎えたというが……あまり変化はなさそうだ。

『殿下に、王子としてふさわしい態度を身につけていただくことは、時間を要することでしょう。殿下のためにも、寄宿学校に入っていただくほうがよろしいのでは？』

ロジャーはお手上げとばかり、首を横に振った。

ベネディクトはロジャーに『わかった。私が直接尋ねてみよう』と伝え、別館までやって来たのである。

クリストファーはまだ五歳、しかし、もう五歳だ。

ベネディクトに王子の自覚が芽生えたのも、ちょうど五歳のころだった。だが、ジュリアの耳に入れば、『たった五歳』だと騒ぎ始めるだろう。

ジュリアが息子を庇うたび、ベネディクトの胸の奥で火種が燻《くすぶ》る。それはしだいに燃え盛り、激しい炎で彼を内側から燃やし尽くさんばかりだ。

ジュリアに息子を与えた誰かが、恨めしくてならない。

クリストファーが黒髪ならよかった。六年前のことは水に流し、我が子と思う努力をしただろう。

せめて銀髪なら……。

（まったく、我ながら女々しいことだな。この調子で、いったい父親として、どんな言葉をかけてやれるというんだ？）

苛々して髪をかきむしる。

その直後、生け垣の向こうから、少年の声が聞こえてきたのだった——。


「おい、おまえ、本当は国王様の子供じゃないんだろう⁉」

「そうそう、父上と母上が話していたのを聞いたよ。女官だった王妃様が田舎でこっそり産んだ……私生児って言うんだって」

「僕も聞いた！　おまえの学友に選ばれたって、なんの意味もないんだってさ。早く帰ってきなさいって言われた」

女子供の目線なら、きっと見つけることはできなかっただろう。

だが、男性の平均よりはるかに長身のベネディクトの高さなら、生け垣に隙間ができていて、そこから迷路の中が見えた。

そこにいるのは四人の少年。

乳母の手を離れ、家庭教師をつけられて学び始めた男の子は、小さな紳士と呼ばれる。この小さな紳士たちは子供服ではなく、彼らの体形に合わせたラウンジスーツを着て、一人前にボウタイまで結んでいる。

最初に声を上げた少年が一番大柄だった。あとのふたりはひと回り小さい。三人とも黒っぽいブラウンの髪をしていて、小柄な金髪の少年を囲んでいた。

会話の内容から、囲まれているのはクリストファーに違いない。こうして見ると、学友に選ばれた少年たちは、クリストファーより三つ四つ年上のようだ。

あらためてクリストファーの顔を見ようとするのだが……大柄な少年の影になり、顔どころか姿もよく見えない。

「先生たちが辞めるのも、前の三人が来なくなったのも、みんな、おまえが嫌いなんだ」

「国王様の息子でもないのに、王子なんて呼べるか！」

そのあと、三人は声を揃えて……。

「出ーて行け——出ーて行け——出ーて行け」

揶揄《やゆ》するように手を叩きながら、クリストファーの周りを歩き始めた。

ベネディクトはカッとなって飛び出そうとしたが、寸前で思いとどまる。

この事態を引き起こしているのは、三人の少年でも、少年たちの親でもない。ジュリアの言うとおり、クリストファーを避け続けたベネディクト自身だ。

そのときだ。

「黙れ！」

怯えて、泣いているに違いない、と思ったクリストファーが、声を荒らげながら大柄な少年に掴みかかった。

だが、頭ひとつ小さいせいか、あっさりと突き飛ばされる。

「また、侍従のタスカーさんに言いつけるよ。殿下に殴られましたって」

「そうしたら、鞭《むち》で打たれるんだろう？」

「みんな、おまえがいらないんだ。国王様も、王妃様も、だぁれもおまえに会いに来ないし。みんな思ってるのさ、出て行けって」

刹那、地面に転がっていたクリストファーは、弾かれたように起き上がった。彼は金色の髪を振り乱し、低い体勢のまま、三人の少年たちに体当たりで突撃していく。

最後に、大柄な少年の足を引っかけるようにして地面に転がし、なんと、馬乗りになって殴り始めた。

「うるさい！　僕の父上は国王様だ！　母上がそう言ったんだ！」

クリストファーの反撃に遭い、三人の少年は大泣きだった。

この騒ぎを聞きつけ、迷路の出口付近で待っていた女官たちが飛び込んできて――クリストファーは取り押さえられたのだった。

別館の応接間でベネディクトはクリストファーに対面した。

騒動の顛末をロジャーから説明されるが……。

「四人で協力して迷路を抜けるという課題を出されたのですが……クリストファー殿下にはご理解いただけなかったようです」

三人の少年は部屋の隅に控え、いまだにグスグスと鼻を啜《すす》っている。

一方、クリストファーは真正面に座り、ジッとこちらの様子を窺《うかが》っていた。

真相を知っているベネディクトにすれば、ロジャーの言動には我慢ならないものを感じている。『おまえはクビだ』と言ってしまうことは容易《たやす》い。だがそれでは、根本的な解決には至らないだろう。

何より、不当な扱いを受けているはずのクリストファー自身が、不満を口にしていない。

父親の気持ちには不慣れで、どんな対応をすればいいのかわからないが、不当な扱いを受ける息子の立場で考えれば、その気持ちはわかり過ぎるほどわかってしまう。

ベネディクトは小さく咳払いしたあと、

「クリストファー、おまえの心の強さはたいしたものだ。だが、第一王子が、粗野で気が短く、喧嘩《けんか》っ早《ぱや》いというのは、褒められたものではないな」

「……はい、ごめんなさい」

しゅんとするが、ベネディクトに声をかけられたことで、クリストファーの目に力が漲ってくる。

「あのっ、国王陛下に質問があります！」

「なんだ？」

「僕はたくさんの人から、本当は国王陛下の子供じゃないって」

すると、いきなりロジャーが一歩前に出て、クリストファーの言葉を遮った。

「お待ちください、陛下！　クリストファー殿下は誤解を」

そんなロジャーを制したのは、ベネディクトだった。

彼は手を掲げ、視線だけでロジャーの口を閉じさせる。

「続けなさい、クリストファー」

「は……い。えっと、でも、母上は……国王陛下が僕を第一王子にしてくれたって。でも、僕は、グリーンタウンで生まれたから……ここにいるのも、僕の顔を見たくないからで……本当は出て行けって……えっと……」

しっかりしているように見えて、やはり五歳ということか。一度にたくさんのことを話そうとすると、たちまち混乱し始める。自分でも、何を聞きたいのかわからなくなったらしく、『えっと』のあとは、言葉が出なくなった。

だが、彼と真正面から向き合ったとき、ベネディクトは、言葉にできない〝何か〟を感じた。そしてクリストファーの瞳は、一点の曇りもない、透き通るような空の青だと知る。

（たしかに、ヒューゴーが父親なら、もっとブラウンの混じったヘーゼルになりそうだ。ここまで見事な青一色というのは……）

ひとつの可能性が胸に浮かぶ。

しだいに高まっていく鼓動が、固く閉じた心の扉をこじ開け……そのことに、奇妙なこそばゆさを覚えた。

ベネディクトは居住まいを正すと、クリストファーに向かって答える。

「クリストファー、おまえは私の息子だ。それはすでに、国内外に向けて公表した事実。王妃やおまえを嗤《わら》う者には、私が罰を与えよう」

実際は――ロジャーをはじめとした、第一王子を認めない者への警告だった。

このベネディクトの言葉を聞いてなお、クリストファーに対して正しい態度が取れないとしたら、それは王家に対する背信を意味する。

「どうだ？　罰を与えてやりたい者はいるか？　今日は特別だ。おまえの願いなら、なんでも叶えてやろう」

そこまで言うつもりはなかったが、真《ま》っ直《す》ぐにこちらをみつめる青い瞳を見ていると、もっと多くのものを与えてやりたくなる。

（ジュリアの息子だからか？　いや、そうではなくて……ああ、ダメだ。私自身が混乱してきている)

五歳児同様、頭を抱えそうになったとき、クリストファーがおずおずと口を開いた。

「……本当に、なんでも?」

「私にできることなら」

「じゃあ、父上って、呼んでもいい? あ、呼んでいいですか?」

クリストファーの顔から、緊張の色が消えた一瞬――その顔つきに、ベネディクトは懐かしさを覚える。

「許可しよう。私のことは、父上と呼びなさい。おまえのほうから話しかけることも許す。王妃に……母上にも自由に会わせてやってもいいが……第一王子として必要な学問を修め、周囲の信頼を得てからだ」

「はっ、はい。父上!」

輝くような笑顔を見せ、クリストファーは返事をした。

それは、まるで柔らかな春の陽射しのようで……次の瞬間、ベネディクトの眼前に、白いマグノリアの花びらが舞い散った。

☆　☆　☆

結婚披露の舞踏会を二週間後に控え、ベネディクトがジュリアのために仕立てさせた衣装は、王妃の間を埋め尽くさんばかりの量だった。

王妃の輿入れには、最低限でもこの程度の嫁入り支度が必要なのだ。

（そういえば……カトリーナ様は、もっとたくさんのご衣装をお持ちだったわね。結婚式も大聖堂で盛大に行われたはずだし、王宮に入るときもパレードで……）

それに比べて自分は――何も持たず王宮に入り、礼拝堂で普段着に相当するデイドレスを着て結婚式を挙げた王妃。

長い王国の歴史でも、ジュリアのような王妃は初めてに違いない。

異国のレースが襟元にあしらわれた、絹タフタのイブニングドレスをみつめながら、ジュリアは大きなため息をつく。

そんな彼女を呼びにやって来たのは、別館に勤める第一王子付きの女官、マーガレット・ベイリーだった。

今はまだ午前中で、クリストファーとの面会が許された時間ではない。

だがマーガレットは、

「国王陛下のお許しはいただいております。ぜひ、王妃様にもご覧いただきたい、とのことでして……」

そう言われては、クリストファーの身に何か起こったのかもしれない、と思い、ジッとしてはいられなくなった。

ジュリアはマーガレットと一緒に薔薇園へと向かうが……。

薔薇園を通り抜けると、背の高い白樺《ホワイトバーチ》の林が広がる。林の向こうにクリストファーが暮らす別館があるという。

ジュリアが女官として働いていた当時、別館は閉鎖されていた。

立ち入り禁止と言われていたため、足を踏み入れたことは一度もない。この白樺の林までも、来たことはなかった。

別館の最後の住人はベネディクトだった。彼が十歳で寄宿学校に入って以降、十九年間、そこは閉ざされていた。

その別館に、母親と引き離してクリストファーだけ住まわせる、と聞いたとき、報復のひとつに違いないと思った。憎いジュリアを子供と引き離すためだけに、別館を使うことにしたのだ、と。

だが、決してそういった理由からではなかったのだと、今ならわかる。

彼は冷たい態度を取りながらも、慣例に従い、クリストファーを第一王子として育てようとしてくれただけだった。

別館までは、ジュリアが考えていたより距離がある。

林を抜けてもまだ別館は見えてこない。そこにあるのは、向こう側を覗くこともできないほど背の高い生け垣が連なっていた。

「生け垣の向こうは迷路になっております。殿下もご学友の皆様と楽しんでおられますよ。別館の二階以上から見ていただいたら、通り方は簡単にわかるんですけど……いざ足を踏み入れると、大人でも迷ってしまうんです」

マーガレットは満面の笑みを浮かべて話してくれる。

「まあ、そうなの？　よかった……皆様に仲よくしていただけて」

「はい。実は……先月まで、とてもぎくしゃくしていたんです。途中でお辞めになったご学友様もいて……。それが、今月に入って、国王陛下がお見えになりまして……」

ベネディクトは、学友と呼ばれる少年や家庭教師、使用人たちの前で、クリストファーを第一王子として扱った。

さらには、『王妃やおまえを嗤う者には、私が罰を与えよう』と言いきったため、全員がクリストファーに一目を置くようになったという。

「それからは、公務の合間でも、顔を出してくださるようになりました」

「まあ！　陛下は、何も言ってくださらないから……。それに、あの子まで、わたしに教えてくれないなんて」

新しい経験をするたび、真っ先にジュリアの膝に飛んできて、『母上！　母上！』と連呼したものだ。

クリストファーの中でジュリアは一番だった。

その順番が、父親を得たことで変わってきたのかと思うと、寂しくてならない。

「たぶん、ですが……陛下が、口止めなさってたんじゃないでしょうか？　実は……私どもも、王妃様によけいなことは言わないよう、命じられておりましたので」

マーガレットが悪いわけでもないのに、申し訳なさそうに頭を下げる。

ジュリアが、気にしなくていいと言おうとしたとき、

「でも今日は、陛下が剣術の稽古をつけてくださってるんです！」

「剣術の……稽古？」

「はい！　サーベルの扱いには早めに慣れたほうがいい、とおっしゃられて……」

もちろん、小さなクリストファーに本物のサーベルは持てない。すると、ベネディクトは小型の模造剣を与えてくれたという。

クリストファーは大喜びで、いっそう剣術の稽古に励んだらしい。

（それは、そうよね。あの子は、戦争ごっこが大好きなんだもの）

父親を軍人と教えたこともあり、近所の男の子を引き連れて、森の中を駆け回っていたことを思い出す。

そのときだ。

「直刀は振り回すな！」

ベネディクトの声に聞こえて、ジュリアはとっさに駆け出した。

生け垣が切れたところで、一気に視界が開ける。すると、王宮に比べるとこぢんまりとした建物が見え、そこが別館だと知った。

「クリストファー、しっかり構えて、敵の急所を刺突するんだ！」

「はい‼」

クリストファーが両手で構えているのは、ベネディクトが与えたという模造剣だろう。

だが、ベネディクトの手にあるのは……。

（ほ、本物？）

どこからどう見ても本物のサーベルにしか見えず、ジュリアは息を呑む。

その瞬間、クリストファーが突撃した。

模造剣の切っ先がベネディクトの腹部に当たる寸前――彼は軽くかわし、手にしたサーベルの柄で、模造剣を払い落とす。

「今の呼吸だ。いいか、銃や剣を向けられたときは、怯えたほうが負けだ。たかが子供と敵は侮っている。最初の一撃で仕留めろ。いいな」

ベネディクトはクリストファーの頭に手を置き、命を狙われたときの心得を諭し始めた。

その満ち足りた表情に、ジュリアはどう声をかけたらいいのかわからず……ポカンと口を開いたままになる。

もちろんクリストファーも、

「はい、父上！」

ベネディクトを『父上』と呼び、心から信頼している顔で見上げている。

（いったい、いつの間に……こんな……）

安堵する反面、胸がざわついた。

いつか、父と子の対面が叶いますように。すべての誤解が解けて、ベネディクトがクリストファーを息子と認めてくれますように。

グリーンタウンの町で暮らしていたころ、何度そう願ったことだろう。

今、ジュリアの前に広がっているのは、その夢にまで見た光景だ。

嬉しい、嬉しくて堪《たま》らない。クリストファーのためには、素晴らしいことだと思う。

だが――。

（ふたりの世界に必要なのは、ふたりだけなの？　ひょっとしたら、もう……わたしは、いらないのかもしれない）

十六歳で身籠もり、十七歳で母親になった。

それからずっと、子供を育てるために頑張ってきたつもりだ。

ベネディクトと再会したあとも、子供の安全を第一に考えてきたのに……和やかな父子の姿は、ジュリアの努力がすべて徒労に終わった気がして、力が抜けそうになる。

ジュリアの目に涙が浮かんだとき、クリストファーが母親の姿に気がついた。

「母上！　母上！　僕、父上に剣術を教えてもらいました。もっと、もっと強くなって、母上のことは僕が守ります！」

駆け寄って来て、幸せそうに笑いながら言う。

――与えられた模造剣は、父上自身が子供のころに稽古で使っていたもの。父上が本物のサーベルをクリストファーに向けるのは、実際に命を狙われたとき、怖がらないように、という訓練。

そんなことを、クリストファーは息せき切ってジュリアに話してくれる。

「クリストファー、稽古は終わりだ。戻って着替えてきなさい」

ベネディクトの声だった。

「はい！　父上、ありがとうございました」

クリストファーはキビキビと一礼して、別館に向かって駆け戻っていく。

マーガレットも慌てた様子で、「失礼いたします」と会釈して、クリストファーのあとを追いかけて行った。

「怒らないのか？」

ふいに尋ねられ――とっさに振り返ったジュリアの目に、ベネディクトの裸身が映る。

彼は上半身裸でクリストファーの稽古に付き合っていたらしい。遠目だったことと、なるべく彼のほうを見ないようにしていたこともあり、ジュリアには気づかなかった。

汗が首筋を伝い、鎖骨を流れ落ちていき……太陽の光を浴びて、ブロンズ色の肌が艶めいて見えた。

トクンと胸が高鳴り……トクトクトクと、しだいに鼓動が速まっていく。

まるで、初めて彼に出会ったときのようなときめきに、息もできなくなる。

「な、なんの、ことですか？」

動揺を露にしながら、質問に質問で返した。

「おまえが見たら、怒ると思っていた。本物のサーベルを手に、稽古の名目でクリストファーを殺すつもりか、と」

思いがけないことを言われて、ジュリアはあらためて彼の顔を見た。

たしかに、再会した直後なら、そんな不安を抱いたかもしれない。だが、今のふたりの姿は、どこからどう見ても本物の父子のようで……。

ベネディクトに、子供を手にかけるような真似は絶対にできない。

ジュリアはゆっくりと首を横に振り、静かに微笑んだ。

「どれほど憎い女の息子でも、あなたはそんな卑怯な真似はしません」

「信用していいのか？」

「信じているから、あなたの言うとおりにしています。それに……あの子の、あんなに幸せそうな笑顔は初めて見ました。ベネディクト様、本当にありがとうございました」

ジュリアはゆっくりと頭を下げる。

ベネディクトは前髪をかき上げつつ、視線を宙に彷徨《さまよ》わせた。

「まったく、わからない女だ。部屋いっぱいのドレスや高価な宝石を贈っても、催促しないと礼も言わないくせに……」

「で、でも、あれは、王妃となったわたしが、ドレスの一枚も持っていないから……嫁入り支度として、舞踏会のために用意してくださったって」

あのとき言われたことを思い出しながら口にするが……。

（違うの？　じゃあ、ひょっとして）

「あの……わたしが、喜ぶと思って？」

ベネディクトは居心地の悪そうな顔で何も答えず、ジュリアも黙り込んでしまう。

そのとき、彼の従者が走ってきた。モスリンの布を手にしており、ベネディクトは自ら身体を拭こうとする。

「陛下……わたしが、お拭きいたしましょうか？」

「ああ、頼む」

そう言ってモスリンの布を渡されたものの、前に回るのは恥ずかしくて……ジュリアは背中のほうから拭き始めた。

彼の逞しい肌に触れ、指先が小刻みに震える。

ベネディクトは大きく息を吐き、従者に離れているように命じた。

「おまえの案じたとおりだった。クリストファーは王子にふさわしい待遇を受けていなかった。私が軽んじたせいだ。その点は謝罪する」

「い、いえ……そんな」

ジュリアはこのとき初めて、クリストファーが学友として集められた少年たちから、嫌がらせを受けていたことを知る。しかも、教育係の侍従からは、逆に学友に暴力を振るった罰と言われ、鞭で打たれていたことまで聞かされた。

男性の家庭教師《チューター》や寄宿学校の教師などは、叱るときに鞭を使う者が多いと聞く。女の子と違って、男の子の教育には必要だというが……。

我が子が鞭で打たれたと聞いて、落ちついていられる母親はいない。

「でも、もう、誰にも苛《いじ》められてはいないのですよね？　あの子は元気がよくて……でも、鞭を使う必要があるのでしょうか？」

「鞭を使うかどうかは、教師や教育係の決めることだ。だが、あの子は王子の立場を利用して、私に泣きつくことはしなかった。大人たちは一目置いているし、子供たちも、しだいに王子として敬う態度が出てきている。たいしたものだ」

まさか、ベネディクトに褒めてもらえるとは思わなかった。

ジュリアは手が止まり、彼の横顔を見上げる。口元はわずかに綻び、その優しい表情に見惚れてしまう。

直後、ベネディクトはジュリアに向き合った。

モスリンの布ごと手を握られ、彼の顔が目の前まで迫ってくる。数秒前に見た優しい横顔とは違って、これ以上ないくらい真剣な顔だった。

「ジュリア、正直に答えろ。あの子の父親が、私である確率はどれくらいだ？」

「あ……」

今なら、真実を受け入れてくれるのではないだろうか？

あのときは、クリストファーが『禍根《かこん》』にはならない、と証明したい一心だった。そう言えば、許してくれるのではないか。

ジュリアは口を開きかけては閉じ……。

そんな仕草を繰り返すのを見て、ベネディクトは彼女より早く答えを出した。

「たった一夜では、他の連中よりはるかに低いのだろうな。たとえば……ヒューゴーとか」

「なっ⁉」

聞きたくない男性の名前を耳にして、ジュリアは衝撃を受けていた。

ベネディクトは、クリストファーの父親をヒューゴーだと思い込んでいる。いったい、どこでそんな誤解が生じてしまったのか、ジュリアには不思議でならない。

だがそのとき、彼女のことを追いかけてきて、脅すようなことを言ったヒューゴーを思い出した。ゾッとするようなヒューゴーの態度と、ベネディクトの誤解は、どこかで繋がっているのかもしれない。

尋ねてみたいが、自分にそんな勇気があるだろうか?

「ヒューゴーに近づいたのは、なぜだ?」

「近づいてなど……ただ、ヒューゴー卿から……自分と結婚したら、ランズベリー男爵家を復活させられるって」

「ならば、なぜ、私に抱かれた⁉」

「そ、れは……あ、あなたが……好き、だったから」

その瞬間、彼のまなざしから伝わってきたのは、怒りとも悲しみとも違う不思議な感情……。

ふたりは、互いの目をみつめ合ったままになる。

少しずつ、唇の距離が近くなり……やがて重なった。

(従者たちも見ているはずよ。別館の近くだから、ひょっとしたら、クリストファーにも)

想像するだけで、身の置き場がなくなるようだ。

それなのに、ベネディクトに強い力で抱きしめられ、ジュリアの頭の中は真っ白になった。

何も考えられなくなり、周囲の視線も感じなくなる。

「おまえは、どうしてこんなにも、私を――」

唇が離れたとき、ベネディクトは呻《うめ》くように呟く。

ジュリアは勇気を出して、自分のほうから手を伸ばし、彼の腕に手を添えた。

「聞いて、ベネディクト様……六年前のことです。理由はわかりませんけど、ヒューゴー卿はいろいろとご存じで……」

「奴の名は二度と口にするな！」

思いきり、手を振り払われた。

小さな勇気など、瞬く間に萎《しぼ》んでいく。喉の奥に何か詰まったように息苦しくて、だが、何も言わずに引き下がるわけにもいかなかった。

「でも……このままでは、クリスにも……」

「あの男は、間もなくサルダム行きの船に乗る。そして、二度と本国に戻って来ることはない。永久に、クリストファーとは無縁の男になる。以上だ」

六年前、ベネディクトはヒューゴーのことをここまで嫌ってはいなかった。

ごく普通に、学友上がりの側近として重用していたはずだ。

ヒューゴーが子供の父親ではないか、と思い込んだのは、ジュリアに求婚したことを聞きつけたせいに違いない。

とはいえ、それが理由で、植民地にまで追い払おうとするだろうか？

（しない、わよね？　だって、ヒューゴー卿に尋ねたら、すぐにわかることだもの。でも、彼は何をして、ジェイムズ二世陛下から准男爵位を賜るくらい、気に入られたのかしら？）

ジュリアは答えが見つからず、霧の中を彷徨っている気分だ。

「明日、公務で大聖堂を訪ねる。――クリストファーも同行する」

「え？」

この王宮に連れて来られて、二ヵ月が過ぎた。その間、ジュリアはもちろんのこと、クリストファーも、王宮から出してもらえたことは一度もない。

『おまえの処遇を言い渡す――ジュリア・クレメンタイン・ランズベリー、息子共々、この王宮にとどまるように。期間は無期限、許可なく出て行くことを禁ずる――王命だ』

ベネディクトはそう命じたあと、『おまえを王妃にしてやろう』と言い放った。

「連れて、帰ってくれますよね？　このまま、二度と会えない……なんて、ことは」

「おまえしだいだな。あの子はいい子だ。だが、いつまでも五歳児ではいてくれない。やがて、口さがない連中から、自分が私生児だと知るだろう。第一王子でありながら、王位を継げない理由も……。すべて、ふしだらな母親のせいだと知るのは、そう遠いことではない」

執務室でジュリアが彼を責めた言葉を、そのまま言い返された気がした。

クリストファーのことで謝罪を口にし、さらには褒めてくれた。誤解を解いて、真実を話せば喜んでくれそうな気がして……だが、そんなはずがなかった。

どこまでいっても、ベネディクトはジュリアを憎み、蔑んでいる。

悲しい誤解を解く機会は、もう一生ないのかもしれない。

絶望的な考えが浮かび、ジュリアは足元が崩れ落ちそうな感じがした。立っていることもつらくて、自分で自分の身体を抱きしめる。

そんなジュリアに、

「残念だったな、ジュリア。クリストファーはもう、おまえの切り札にはならない。あの子は第一王子、私の息子だ」

容赦ない追い打ちがかけられ、父子の姿を見たときの不安が甦った。

「わたしは……あなたの妻で、王妃で、いられるのでしょう?」

「もちろんだ。クリストファーとこれから生まれる子供のために。但し、おまえの態度によっては、その限りではない」

「わたしは、ただ、あなたやクリスに何も起こらないように、と」

「私たちの心配より、自分の心配をしろ。王の結婚はペイトン市の大聖堂で行われる。だが、私たちの結婚は、王宮内の礼拝堂で行われた。その意味は……わかるな?」

それは――ジュリアとの結婚など、いつでも無効にすることができる。

ジュリアは固く口を結び、気持ちの伝わらない悲しさと孤独に、そっと目を伏せた。

☆　☆　☆

翌日、ベネディクトはクリストファーを同じ馬車に乗せ、大聖堂へと出発した。

『父上が、僕を大聖堂に連れて行ってくれるそうです。ペイトン市内を馬車で走るって聞きました！　でも、母上は一緒じゃないって……』

今朝になって教えられたらしい。昼間の面会時に、嬉しさ半分、緊張半分といった顔つきで話してくれた。

『ええ、わたしも聞いていますよ。第一王子にふさわしい振る舞いを忘れないでね。困ったときは、陛下が助けてくださいますから』

『はい！　次のときは、母上も一緒がいいって、父上に話してみます！』

無邪気に笑うクリストファーを見ていると、ジュリアは平静を取り繕うのがつらくなる。

可能な限り、両親の間が普通の夫婦でないことは知られたくない。

だが、ジュリアは正殿で見送ることすら許されなかった。

(ちゃんと連れ帰ってくださるわよね？　もう二度と、クリスに会えないなんてことは……)

彼女は庭の片隅に立ち、アプローチを駆け抜けていく馬車の姿をいつまでも、いつまでも見送るのだった。

「失礼いたします。クローディア王太后様が、王妃様にご面会を申し出ておられます」

「まあ、王太后様が？」

王妃の間に戻ったジュリアのもとに、クローディア王太后の来訪が告げられた。

未亡人となった王妃は王太后の称号をもらい、ダウジャーハウスと呼ばれる離宮に移る。クローディア王太后もそちらに引っ越し、一年間の喪に服していた。

礼拝堂での結婚式の際、すでに服喪期間は過ぎていたにもかかわらず、出席してもらうことは叶わなかった。それどころか、ジュリアは王妃となって以降、一度も王太后と顔を合わせたこともない。

そこから想像できるのは……王太后はジュリアのことを、王妃として認めていない、ということだろう。

謁見の間に足を運ぶと、そこには貴婦人が佇《たたず》んでいた。

栗色《くりいろ》の髪はまだまだ豊かで、夏の陽射しに艶めいて見える。背筋もピンと伸び、公爵家令嬢として生まれ育った気品が全身から滲み出ていた。

ジュリアの目に映る王太后は、六年前とほとんど変わらず美しい。

「ご無沙汰しております、クローディア王太后様」

王太后の前に立ち、膝を追って会釈する。

身分からいえば、エクランド王国内の女性の中でジュリア——王妃に勝るものはいない。当然、頭を下げるべきは王太后のほうになるのだが……。

女官として顔を合わせていたジュリアには、とてもではないが、王太后から膝を折るのを待つ気にはなれない。

だが、王太后にすれば逆だったらしい。彼女は眉根を寄せつつ、会釈を返してくれた。

「ごきげんよう、ジュリア殿下。六年ぶりですわね。また、あなたに会う日が来るとは思いませんでした」

「……はい」

「およしなさい。王妃がうつむきがちというのは、褒められたものではありませんよ」

「も、申し訳ございません」

思わず頭を下げてしまったが、そのせいか、王太后の視線はいっそう厳しくなった。

話題を変えようと思い、とっさにベネディクトのことを口にする。

「せっかくお越しいただきましたのに、陛下はつい先ほど、クリストファーを連れて大聖堂に向かわれました」

クリストファーの名前を聞いた瞬間、王太后の表情が変わった。

息子の妻のことはよく思っていなくても、孫の存在を喜ばない祖父母はいないと聞く。ジュリアは思いきってはクリストファーの話題を続けた。

「ああ、でも、夕刻まではお戻りになると……。ぜひ、クリストファーに会ってやってください。最近は、陛下に剣の稽古をつけていただいたりして――」

「そのことで、あなたに話があって王宮まで参りました」

厳しい声で遮られ、ジュリアは王太后の顔を凝視する。

「あの、王太后様？」

「そうでなければ、ベネディクトを……いえ、陛下を苦しめた、あなた方親子の顔など見たいわけがないでしょう？」

「な、なんのこと、でしょうか？　わたし、には」

「ここは人払いしてあります。ですから、本音で話し合いましょう」

「本音……ですか？」

「わたくしは知っているのです、六年前のこと。何も知らずに、夫――ジェイムズ様にベネディクトの望みをきいてあげてくださいとお願いしたので、真実を話してくださいました」

王太后は当初、ベネディクトがジュリアとの結婚を希望したことも、すでに懐妊が確認されていることも、その後、ジェイムズ国王の命令で国外追放にされたことさえも、何も知らされていなかった。

そのせいで、ジュリアがいなくなったあと、ふたりの関係を漏れ聞いた王太后は夫に懇願したという。

そんな妻を黙らせるため、ジェイムズ国王は渋々、彼の知る真実を話した。

「真実って？　王太后様は、いったい何をご存じなのですか？」

「とぼけても無駄ですよ。あなたがかつて、オニオンズ伯爵の次男をはじめとして、王宮に出入りする大勢の男性と親密になっていたことは、ちゃんと聞いております。あの子はそれでも、あなたのことを妻にするなんて」

「お待ちください、王太后様！　すべて誤解です。でも、どうしてそんな誤解が……」

そのとき、王太后は早足でジュリアに歩み寄り、唐突に手を握りしめた。

しかも、縋るようなまなざしを向けられ、よけいに戸惑ってしまう。

「それでも、かまいません。若くして両親を亡くし、あなたも確かな未来が欲しかったのでしょう。この先、ベネディクトの名誉を落とすようなことをしなければ、わたくしはあなたを新王妃として認めます」

「そ、それは、ありがとうございます。でも、本当に――」

「ですが、クリストファー殿下だけは、認めるわけにいきません。ベネディクトもそれについては、わたくしの意見に同意してくださいました。決して王位継承権は認めない、と」

それにもかかわらず、ベネディクトはクリストファーを第一王子として当たり前のように扱い始めた。婚姻前に生まれているため、国教会はクリストファーに王位継承権を認めない、という内々の裁決は下されているというが、決定ではない。

何より、この先、ベネディクトに子供が誕生しなかった場合、その裁決は覆される可能性が高いという。

理由はひとつ、次期王位継承者であるオーガスタス・ウィンストンの存在だった。

貴族の中でも良識ある多くの人間が、彼に王位が移ることを快く思っていない。オーガスタスが次の王になるくらいなら、婚外子として生まれていてもベネディクトの実子に譲るほうがいい、という意見がすでに聞こえてきていた。

「わたくしのせいで、あの子を……健康な身体に産んであげられなかったというのに」

王太后の言わんとすることがわかり、ジュリアは慌てて口を挟んだ。

「そ、それは……そんなことは、ないと思うのですが。陛下は、とっても健康なお身体で、何ひとつ問題など」

「ええ、ええ、あなたにはね。あの子は言いました。あなたでなくては、完全な結婚にならない、と。世継ぎのためにも、何も言わずに受け入れてほしい……そう言って」

口元を押さえ、目に涙を浮かべている。

ベネディクトのよくない噂は、ジュリアも王宮に戻ってすぐに耳にした。だが、抱かれるたびに、ただの噂としか思えなくなっている。ジュリアは何も特別なことはしていないし、ベネディクトも逞しくて健康そのものだ。

（でも、もし、本当にベネディクト様が求めてくださるのが、わたしだけなら……嬉しいと思うのは罪かしら？）

　ほんの少し浮かれた気分になるが、そんな場合ではないだろう。

「オニオンズ伯爵の次男といえば、ヒューゴー卿ですよね？　彼が何か言ったのでしょうか？　たしかに、求婚はなさいました。でも、それだけです」

「それだけではないでしょう？　ヒューゴー卿はあなたに誘惑されて、と」

　ジュリアはこのとき初めて、ヒューゴーがジェイムズ国王とベネディクトの前で言ったという言葉の内容を知ったのである。

　ヒューゴーはジュリアとの親密な関係を証言したあと、ジュリアが多数の男性に声をかけているとまで言い、

『このようなことを申し出ても、ご不興を買うのは承知しております。ですが、我が子かもしれない子を王位に就けるような、そんな畏れ多い真似はできません。信じていただけない場合は、側近の職を解いていただきたく』

　そんな殊勝な言葉を口にしたという。

「違います！　絶対にあり得ません！　そんな……どうして、あのとき、誰もそのことを尋ねてくれなかったんですか!?」

　いきなり拘束され、地下まで連れて行かれ、衛兵たちに囲まれて責め立てられたのだ。

　それも一方的に決めつけられて、ジュリアには反論する機会すら与えてもらえなかった。

（あのとき、ヒューゴー卿の証言を聞いていたら、絶対に否定したわ。でも、どうして？　ヒューゴー卿は、わたしを陥れるような証言を）

今すぐにも、ヒューゴーを呼び出して問い質したい。

だが、ふたり並んで相手の言い分が違うと言った場合、ベネディクトが信用するのは、（ヒューゴー卿なの？）

絶望に覆い尽くされそうになったジュリアの胸に、王太后はさらなる追い打ちをかけてきた。

「もちろん、夫もベネディクトも、一方的に信じたりはしません。証人がいたのです」

「……証人？」

「ええ、そう聞いています。使用人棟の個室に、たびたび無断で男性を招き入れている。注意しても聞き入れてくれない。まさか、王太子殿下とまで……と」

あまりにもひどい証言に、ジュリアは真っ直ぐ立っていられなくなった。

「ヒューゴー卿の関係者なら、信じるのもどうかと思うところです。でも、彼女のことは、わたくしが最も信頼している女官ですからね」

「女官……それは、ひょっとして……」

「ケイシー・メリガンですよ。今は、ダウジャーハウスでわたくし付きの女官長をしてくれています」

それは、俄には信じ難い女性の名前だった。

ち居振る舞いだ。

ケイシー・メリガンはグレーのドレスに身を包んでいた。六年前と変わらぬ、落ちついた立ち居振る舞いだ。


黒髪をほつれ毛の一本もないように、完璧に結い上げている。身だしなみも仕事ぶりも、未熟なジュリアが女官としてお手本にした女性だった。それだけではない。似たような出自から、ケイシーもジュリアのことを厳しく指導しつつ、可愛がってくれたように思う。

だがそのケイシーこそが、ジュリアを陥れる片棒を担いだ人物と知り……。

『王太后様の前で、直接、尋ねさせてください』

そう願い出たのだった。

「あなたを呼んだのはわたしです。お久しぶりね、ミセス・メリガン」

かつては、優しく頼りがいのある女官長として見上げていたとび色の瞳。ジュリアはあらためて彼女の目をジッとみつめ、何かの違和感を覚える。

「六年前は大変お世話になりました。昔のことを王太后様とお話ししていて、あなたの話題が出たので、ここにお呼びしたのよ」

何かの反応があるだろう、と思っていたが……。

ケイシーは黙り込んだまま一点を食い入るようにみつめている。

（どうしたの？　どうして、何も言わないの？）

王太后の顔をチラッと見ると、彼女も不思議そうに首を傾げた。

「ケイシー、ジュリア殿下の問いかけに答えなさい」

「ジュリア殿下？　王太后様、何をおっしゃいます。この女は国王陛下を誑かした魔女でございますよ」

さも当たり前のように、ケイシーは平然と答える。

「おやめなさい！　ケイシー、彼女は国王陛下がお選びになった王妃殿下ですよ。言葉を慎みなさい‼」

「……」

「わたくしに恥をかかせるのですか？　ケイシー、あなた、いったいどうしたというの？」

さすがの王太后も、予想外のケイシーの反応に困っているようだ。

それもそのはず、王族に仕えながら、不平不満を女主人の最上位である王妃にぶつける使用人はいない。たとえどれほど気に入らない女性であっても、それが、かつての部下であったとしても。

「では昔のように、女官長とお呼びしましょう。あなたは、髪の結い方すら知らないわたしに、厳しくとも思いやり深い言葉をかけてくださいました。そのあなたが、どうして？　ひょっとして、王太子殿下……ベネディクト様のことを愛していたの？」

ジュリアにはそのくらいの理由しか思いつかず、恐る恐る尋ねるが……ケイシーはふいに、弾かれたように笑い始めた。

その狂喜めいた高笑いに、ジュリアだけでなく王太后も声を失う。

「馬鹿を言わないでちょうだい！　でも、悪いのは陛下ね。さっさとどこかの王女様でも娶って、おまえのことなんて忘れてくれたらよかったのに……。六年も経って、見つけ出すなんて！　しかも、王宮にまで連れてくるなんて、信じられない！」

「女官長……ちゃんと説明してください。それじゃ、何を言っているのか、わから……な」

そう言いながら、ジュリアがケイシーに近づこうとしたとき――彼女はドレスのポケットから、小さなナイフを取り出した。

「ひっ！」

王太后は短い声を上げ、兄元をふらつかせる。

そのまま倒れそうになった王太后に、ジュリアは慌てて手を差し伸べた。

「上手くいっていたのよ。念願の爵位をいただけて……妻になんてなれないけど、それでも、ずっと今の関係を続けてくれるって。それなのに、おまえが戻ってきたせいで、陛下はあの人を植民地送りにするなんて！」

ケイシーは両手でナイフの柄を握りしめ、ジュリアのことを睨みつける。

「植民地って……まさか、ヒューゴー卿？」

ヒューゴーは二十代後半、一方ケイシーは三十代半ばになっているはずだ。独身男性が未亡人や人妻の愛人を持つのは珍しいことではない。だが、お堅い印象のケイシーにそんな相手がいたとは、考えたこともなかった。

それは、王太后も同じだったのだろう。

「ああ、なんてこと……あなたとヒューゴー卿が、無関係ではなかったなんて」

よほどショックが大きかったらしい。

王太后は呻くように呟いたまま、顔を覆ってしまった。

「でも、どうして？　どうしてわたしがヒューゴー卿に、あんなひどい目に遭わされないといけないの？」

「おまえが、あの人を誘惑しておきながら、まんまと王太子殿下に乗り換えたからじゃないの！　あの人と結婚して、彼を男爵にするべきだったのよ⁉」

「誘惑なんて……そんなこと、してません！」

「嘘ばっかり‼」

殺気立った顔つきで、ケイシーは一歩、ジュリアに近づいた。

本来なら、王太后や王妃がふたりきりになることなどない。部屋の隅に必ず侍女や女官が数人控えているものだ。

だが、込み入った話をするため、人払いをしていたのが裏目に出てしまった。

「だ、誰かーっ！　誰か、来てください！」

女官たちは、どれくらい遠くまで下がってしまったのだろう。

せめて衛兵くらい近くにいてほしいが、もし、声の届かないところまで全員が離れているとしたら……。

「王太后様……どうか、わたしから離れてください。女官長の狙いはわたしです」

ジュリアが王太后にだけ聞こえるような声で話すと、

「いいえ！　あなたは死んではいけません。あなただけは……ベネディクトの大切な女性なのですから」

「お、王太后様⁉」

ケイシーが加速をつけて、ジュリアに向かってきたとき――。

入り口の扉が、蝶番《ちょうつがい》を飛ばす勢いで開いた。同時に飛び込んできた人影が、ケイシーのナイフを持つ手を押さえ込んだ。

「ご無事ですか⁉」

ルーファス・コーニッシュだった。

彼の後ろからも、次々に衛兵が駆け込んでくる。

「ドクター・コーニッシュ……どうして、ここに？」

「王太后殿下から呼ばれたんだ。私にも話を聞きたいとおっしゃってね。それが、近くまで来たら大きな声が聞こえて……いったい、何がどうなってるんだい？」

ルーファスはケイシーを衛兵に引き渡しながら、首を傾げている。

たしかに、彼にすればケイシーの行動は理解できないだろう。なんといっても、王宮に十年以上仕えた王太后お気に入りの女官であり、ダウジャーハウスの女官長だ。

そのケイシーが、王妃と王太后に刃物を向けている事態など……。

（ええ、もう、本当に何がどうなっているのか、わたしのほうが教えてほしい）

ジュリアはルーファスではなく、衛兵に取り押さえられたケイシーに向かって尋ねた。

「ミセス・メリガン、こんな真似をして、女官長としての経歴を棒に振るだけでは済まないわ。あなたの大切な人、ヒューゴー卿の進退にもかかわってくるのよ」

ケイシーは六年前、愛人だったヒューゴーの頼みでジュリアを罠《わな》に嵌《は》めたのだろう。

結婚を断っただけのつもりだった。まさか、こんなにも恨まれていたとは思わなかったが、愛する人のためというケイシーの動機は、許せないまでも理解できる気がする。

だが今、彼女がジュリアを殺そうとする意味は、全くわからない。

そんなジュリアの問いにケイシーは――。

「おまえなんか死ねばいいのよ。王妃なんていないほうがよかったの。そうすれば、何もかも上手くいくはずだったのに！」

その目も、その声も、もはやジュリアが知っている女官長のものではなくなっていた。

ジュリアが恐怖にあとずさりしたとき、

「失礼ながら――ミセス・メリガン、あなたは正気を失っておられるようだ。とりあえず……彼女を連れて行きなさい。陛下のお戻りを待って、判断していただきましょう」

ジュリアに一礼したあと、ルーファスはケイシーとの間に立った。

衛兵がその指示に従おうとしたとき、ケイシーはふたたび喚《わめ》き始めたのだ。

「離してちょうだい！　あの人は王子だけ連れ去って行くわ。ああ、どうして上手くいかないの⁉　どうして、おまえは私の邪魔ばかりするのよ‼」

彼女の言葉に、その場にいた全員が一斉に凍りつく。

そんな中、真っ先に動いたのはジュリアだった。

「今、なんて言ったの？　ねえ、答えて！　クリストファーに何をするつもり⁉」

「おまえのせい！　みんな、おまえのせいなんだから！」

「ミセス・メリガン、あの子に何かあったら……わたしは、あなたを許しません！　ヒューゴー卿のことも、絶対に許しませんから！」

「だから、おまえのせいだと言ってるじゃないの！」

その答えを聞いた瞬間、ジュリアはジッとしていられず、ケイシーに掴みかかった。

つい昨日まで、クリストファーはずっと王宮の中にいた。だが今は、ベネディクトとともに初めて王宮の外に出ている。

「ヒューゴー卿なの？　彼がクリストファーに何かするって言ったの？　教えて、教えてください。ねえ、どうしてヒューゴー卿が」

「落ちついてください、王妃殿下！」

ルーファスに腕を掴まれ、ケイシーから引き離された。

「ミセス・メリガンの心は、すでにここにはない。彼女から何かを聞き出そうとしても無理な話だ。それより、一刻も早く陛下にお知らせしませんと」

そう諭されて、ジュリアはハッと我に返る。

「え、ええ、そうね。そうだわ……すぐに、行かないと」

駆け出そうとしたジュリアを、引き止めてくれたのもルーファスだった。

「私が参ります！　王妃殿下は、おふたりのお戻りを王宮でお待ちください」

「でも……ドクター・コーニッシュ」

「あなたを危険な場所にはやれません。そんなことをすれば、私が陛下に叱られ……いや、殺される。大丈夫、クリストファー殿下の傍には陛下がいらっしゃいます。どうか、信じてあげてください」

ジュリアは声を上げて泣きそうになるのを我慢した。そして、ベネディクトの顔を思い出しながら、大きくうなずいたのだった。

第五章　永遠の誓い

ペイトン市大聖堂。

約八百年前に完成し、エクランド王国歴代国王の眠る場所だ。先代国王である父、ジェイムズ二世もここに眠っている。

クリストファーは馬車の中からずっと、興奮続きだった。

「父上、すっごくたくさんの人がいます！　それに建物が、すっごくすっごく大きい‼　それから、それから、この馬車が走ってるのって、土の上じゃないよね⁉」

思えば、王宮に入ったとき、彼はぐっすりと眠っていた。仮に起きていたとしても、夜中では周囲の様子などわからなかっただろう。

「父上、父上、小麦畑はどこにあるの？　牛は？　羊は？　なんにもいないのはどうして⁉」

矢継ぎ早に問われ、

「首都には小麦畑も牧場もない。道路は馬車で走りやすいように石畳が敷かれ、計画的に造られたものだ。見慣れた田園風景がないのは寂しいか？」

「僕は平気だけど……」

「だけど？」

「母上が、寂しそうだったから」

今日、クリストファーを連れて出ることは最初から予定していた。

本当はジュリアのことも、『おまえもついて来たいと言うなら止めない』と伝えて、同行を許すつもりだったのだ。

それが——。

『ヒューゴー卿から……自分と結婚したら、ランズベリー男爵家を復活させられるって』

あの言葉は、ヒューゴーとの関係を告白したのも同然だろう。

ジュリアも気が緩んだのか、とたんにヒューゴーの名前を口にし始め……。

それが腹立たしくて、ジュリアからクリストファーを取り上げる準備がある、といったことまで口走ってしまった。

（まったく、何をやっているのだ、私は——）

小さな紳士用にあつらえられた黒い軍服姿のクリストファーを見ていると、これまで聞きたくて聞けなかったことを、思わず尋ねてしまう。

「クリストファー、おまえの父は軍人だと教えられていたのだろう？　他にも何か、父親のことで聞かされていたことはあるか？」

その問いに、窓から外を見ていたクリストファーは勢いよく振り返った。

彼は青い目をキラキラと輝かせながら、

「強くて、賢くて、どんなときも堂々としていて、とても立派な人で……えーっと、僕と同じ青い目をしていて、それは〝高貴な青〟っていう特別な色だって」

〝高貴な青〟は、エディントン王家の男子に多く誕生する碧眼《へきがん》にのみ与えられる呼称。

たしかに、彼の目はベネディクトによく似ている。

だがそれ以上に、

「あ！　あと、大好きだったって。母上は僕の父上のことが大好きって言ってました！」

淡い金髪が陽射しを受けて透き通って見え――。

この少年を嫌いになれない理由のひとつ。愛するジュリアとそっくりな笑顔を、突き放すことなどできなかった。


ベネディクトはクリストファーを大主教と引き合わせたあと、

「大聖堂の中を案内してもらうといい。但し、勝手に走り回らないように。広いから迷子になるぞ」

同行した第一王子付きの女官マーガレットと、大聖堂の司祭たちに任せた。

大主教との話は三十分足らずで終える。

「――では、例の件、よろしく頼む」

「はい、承知いたしました。たしかに、陛下のおっしゃるとおり、国家の安定を考えれば、そうなさることが一番よろしいでしょう」

大主教は六年前から代替わりしていない。彼はベネディクトの告白を聞き、カトリーナとの白い結婚を認めた人物だ。

父より高齢だが、足腰とも弱った様子もなく、しかも……抜け目のない男だった。

（聖職者を評するに、ふさわしい言葉じゃないな。いや、逆に、本質をついている、というべきか？）

「クリストファー殿下は、第一王子としての落ちつきはまだまだですが、幼いわりに立派な品格を備えておいでだ。その点は、お父上とよく似ておられる」

クリストファーが自分に似ていると言われるのは、実は初めてのことではない。

もしジュリアが、『クリストファーの父親はあなたです』とはっきり言ってくれるなら、すべてを忘れてやり直したいというのが本音だ。

その反面、ジュリアの背後にちらつく男の影に、やり場のない嫉妬を覚える。

すべてを忘れたいのに忘れることができない。心の狭い自分が嫌で堪らず、しかも、そんな理不尽な怒りをジュリアにぶつけずにいられる自信もなかった。

「そんなに、似ているだろうか？」

「はい。私がお小さいころの陛下にお目通りいただいた際、腰に剣を下げておいででした。先ほどのクリストファー殿下と同じように」

クリストファーにとって軍服は、父親のことを聞かされたと同時に憧れの象徴だった。

その軍服に初めて袖を通すことができて、よほど嬉しかったらしい。衛兵のように腰に剣を下げたいと言い始めたという。

その報告を受け、ベネディクトは幼いころの自分がしていたように、模造剣を腰に吊《つ》るすことを許可した。

「ああ、それは……つい最近、剣の稽古をつけてやるようになったものでね」

「ほう、陛下は実に子煩悩な方だ」

以前のベネディクトだったら、『そんなことはない』とむきになって言い返したことだろう。

だが今は、『子煩悩』という評価が、まんざらでもない、と思える。

こんな穏やかな幸せの中に、いつまでいられるだろうか。不安をひた隠しにしながら、大主教の見送りを受け、大聖堂の外に向かって歩き始めたときだった。

隅にある小さな扉が開き、司祭服姿の男性が入って来た。

それだけなら、なんでもないことだが……彼は突然、よろけるように崩れ落ちたのだった。

「クリストファー！　どこだ、クリストファー‼　頼むから返事をしてくれ‼」

ベネディクトは裏庭に駆けつけるなり声を張り上げた。

クリストファーの名前を連呼して回るが、その姿はどこにもない。

『陛下……申し訳、ございません。くせ者の一団が、裏庭に入り込んできて……クリストファー王子を』

崩れ落ちた司祭の口からクリストファーの名前が出た瞬間――ベネディクトは大主教が止めるのも聞かず、裏庭に向かって駆け出していた。

大聖堂の裏庭は、薔薇を中心にした色とりどりの花が咲き乱れるエクランド風の庭園だった。心癒《いや》されるはずの花々は無残にも踏み荒らされ、地面には傷を負った司祭がそこら中に転がっていた。

（誰だ？　誰があの子を……）

ベネディクトはすでに、衛兵を裏庭に回すよう指示した。

それと同時に、従者に馬を与えて王宮への知らせに走らせたのだ。

第一王子が誘拐されたとなれば、首都に通じる街道は全封鎖、近くの港も封鎖しなくてはならない。そのためには軍の出動が必須だ。

クリストファーの探索に騎兵隊の出動を命じたが……彼らの到着まで、ベネディクト自身がジッとしていられそうにない。

「……陛下……もうし、わけ、ございま……」

消えそうな声で呼ばれ、ベネディクトは声の主のもとに駆け寄る。

女官のマーガレットだった。肩口から血を流しており、ベネディクトは近くから布を調達して止血する。

「しっかりいたせ！　クリストファーはくせ者に連れて行かれたのだな？」

「は……い。でも……陛下の、側近の方が、やって来られて……殿下を追って……裏手の、川のほうに……」

「側近だと？」

「た……しか、ヒューゴー・オニオンズ……准男爵」

ヒューゴーの名を聞いたとき、ベネディクトは言葉を失った。

（なぜだ？　奴はすでに側近を解任した。それがなぜ、こんな場所に⁉）

考えれば考えるほど混乱する一方になる。

だが、今やるべきことは、考えることではない。

ベネディクトはすぐに我に返り、マーガレットの指差す方向に走り出した――。

王太子時代から側近は常に複数いた。

側近は公的な役職ではなく、伯爵以上の上級貴族の子弟で、学友として過ごした者の中から選ばれるのが通例だ。彼らは結婚後、あるいは父親の爵位を継いだあと、推薦されて政治家や大臣補佐の道へと進むことが多かった。

ベネディクトにとって、側近に与える仕事は従者とあまり変わらない。右腕や参謀となるような人間とは出会えず、まだ、王宮医師のルーファスのほうが相談役にふさわしいと思っている。

そんなこともあり、六年前はヒューゴーを側近から解任しようとした。

しかし父から、

『地下でのやり取りは知らぬとはいえ、おまえの愛人と私生児に関する情報を握られてしまった。奴は近くに置き、動向を見張るほうが得策だ』

その言葉に仕方なく従ったが――。

ヒューゴーとは、子供のころからとくに気が合うわけではなかった。

だが、機転が利いて、人当たりがよく、周囲の評判はやたらといい。そんな彼を遠ざける理由もなく、学友からそのまま側近になり、様々な折衝役を任せていた。

ヒューゴーは政府の重鎮たちの間を上手く立ち回っており、ベネディクトが即位したときも、彼を解任する理由は見当たらなかった。

だが今回、ジュリアを王妃に、クリストファーを第一王子にするにあたって、六年前の判断すべてを撤回することになった。

結果――ジェイムズ二世がヒューゴーに准男爵位を与える理由になった〝告白〟そのものが、事実上の〝嘘〟となり……。

偽りの告白を処罰しない代わりに、ヒューゴーにはサルダム行きを命じた。

植民地の副総督は、准男爵には不釣り合いなほどの重い役目だ。

それは、エクランド王国のため、植民地の治安維持に務めたい。サルダム国民の幸福にも尽力したい――と思える者には名誉な役職といえよう。

だが、社交界の中心にいたい、と思う者にとっては……。

懸念されることはまだあった。六年前、ヒューゴー以外にジュリアの部屋に出入りしていた他の男の正体である。

結局、現在まで誰ひとりとして判明していない。

『鉢合わせすることはありませんでしたし、尋ねても、彼女は教えてくれませんでした』

ヒューゴー自身はそんなふうに答えていたように思う。

一方、ケイシー・メリガンは、

『遠目に見ただけで、情事の現場に踏み込むような真似はしておりませんので。そのおひとりが、ヒューゴー・オニオンズ卿であることも存じませんでした』

そう証言していた。

実を言えば、ジュリアを王妃として発表したあと、六年前のことに絡んで嫌な噂が流れるに違いない、と思っていた。

ところが、二ヵ月が過ぎても、そういった声はひとつも聞こえてこない。

ケイシーの証言が事実なら――我こそは第一王子の実父――といった不満のひとつやふたつ、聞こえてきて然《しか》るべきだろう。

（私は何か見落としているのか？）

そんな疑問が次々に浮かび上がってきて――。

裏庭の茂みを抜けると、川へと向かう林が眼前に広がった。

木々の隙間を縫うように駆け下りると、ペイトン市の中心を流れるトレズボーン川が目に飛び込んできた。

川面《かわも》に光が反射して、ベネディクトは眩《まぶ》しさに目を細くする。

次の瞬間、動くものが視界に入った。

「おい、止まれ‼」

「陛下……？　お、おひとりで、ここまで？」

「ヒューゴーか？　クリストファーはどうした⁉」

彼は息を呑んだあと、とたんにしゃがみ込んだ。

「申し訳ございません。あと少しというところで、取り逃がしてしまいました」

ベネディクトはギリッと奥歯を噛みしめる。

「敵の正体は見たか？　人数は？　クリストファーはどっちに連れて行かれた？」

「か、顔を、隠していましたので……でも、大勢でした。土手を上がった場所に、馬車を停《と》めていて……」

言いながら、彼は土手の上を指差す。

すでに馬車の影も形もない。辺りを見回しても、彼が言うような大勢の人間がいた気配など何ひとつ感じられないのだ。

奇妙な静寂が、川面を撫でる風とともにベネディクトに吹きつけた。

（まさか、川を使って逃げたのか？）

トレズボーン川を下って行けば、そのまま海に出られる。

だが……目に映る範囲で浮かんでいるのは、川岸に小舟が一艘《そう》、繋がれているのみ。どれほど目を凝らしても、それらしき船影のひとつもないのはおかしい。

この緩やかな川の流れで、あまりに素早い行動だろう。

（いや——早過ぎる）

ベネディクトの胸に疑惑が浮かび……彼は動きを止める。

すると、そんな彼を焚《た》きつけるように、ヒューゴーは言葉を続けた。

「その馬車は、川沿いを走って行きました。今なら、追いつけるかもしれません！　僕の馬が、土手の少し先に繋いであります。僕は……あ、脚を、挫《くじ》いてしまって、動けません。陛下、クリストファー王子をお助けください」

ヒューゴーにクリストファーの心配をされるだけで、ベネディクトの胸は嫉妬の炎で焦げつきそうになる。

だがここで理性を失うわけにはいかない。

深呼吸をひとつして――自らを律した。

「いや、これ以上、単独で追っても多勢に無勢だ。ところでヒューゴー、おまえはどうしてここにいる？　側近は解任したはずだ。第一、出発までもう日がないだろう？」

とたんに、ヒューゴーの顔色が変わる。

「僕は……今日、陛下の外出に、おふたりも同行されると聞きまして……最後に、おふたりのお顔を、拝見してから、と」

「ヒューゴー、その考えは誰のためにもならない！」

「はっ、はい、陛下のおっしゃるとおりです。まずは、お、王子の、救出に向かいませんと」

「それは騎兵隊と合流してからだ」

「手、手遅れに、なりますよ。一分一秒でも早く、あとを追ったほうが……」

「ヒューゴー、おまえ、何を隠している？」

「え？　いや……ぼ、僕は……」

そのときだ。

川岸に繋がれていた小舟が大きく揺れ……直後、ドボンと大きな音がした。

刹那――。

「父上！　父上ーっ！」

クリストファーの声が響き渡った。

小舟を覆った藁《わらあ》編みの敷物がガサゴソと動き、その下から、クリストファーが飛び出してきたのだ。

小舟の向こう側では、バシャバシャと水飛沫が上がっているのが見え……。

どうやら、ひとりの男がクリストファーを小舟の中に引っ張り込み、身を隠していたらしい。

しかし、その男はベネディクトとヒューゴーの様子が気になり、外を覗こうとして……クリストファーへの注意が逸れてしまったのだろう。

たかが子供、と軽んじていたクリストファーに足をすくわれ、男はトレズボーン川に頭から飛び込む羽目になった。

駆けてくるクリストファーを見ながら、ベネディクトはザッとそんな想像をする。

「クリストファー、こっちだ！」

ベネディクトが声を上げたとき、

「チッ！」

大きな舌打ちが聞こえた。

嫌な予感がして、ヒューゴーのほうに視線を向ける。すると、彼の手には大きな軍用拳銃が握られていたのだった。

「やめろ、ヒューゴー‼」

声を限りに叫ぶが、それをかき消すように、衝撃音が辺りに轟《とどろ》いた。

クリストファーは足元の小石が粉々に砕けるのを見て、それ以上、一歩も動けなくなる。

すると、発砲の衝撃でよろけながらも、ヒューゴーはあらためて、クリストファーに狙いを定めようとした。

とっさに、ベネディクトは地面を蹴ってクリストファーに飛びつく。

その一秒後、銃口から放たれた二発目の銃声が川面を震わせ、ベネディクトの左肩を焼けつく痛みが襲った。

ベネディクトの口から、呻《うめ》き声《ごえ》が漏れそうになったとき――これまで聞いたことのない、やさぐれた調子のヒューゴーの声が聞こえてきた。

「あーあ、陛下のせいですよ。ひとりで追いかけて来なければ、ジュリアとその子を連れて行くだけで済んだのに」

ベネディクトはクリストファーを囲い込むように抱きしめながら答える。

「やはり、おまえか。副総督の地位では不満か？　それとも、ここまでして、ジュリアを手に入れたかったのか？」

「はぁ？」

「愛しいあまり、許せなくなる気持ちはわからないでもない。だが……」

今、ベネディクトの腕の中にはクリストファーがいる。五歳というのは、わかっていないようにに見えて、いろいろと理解しているものだ。これ以上、父親の存在に疑問を抱かせるようなことだけは、聞かせたくない。

ベネディクトは慎重に言葉を選んだ。

「クリストファーはジュリアの息子だ。決して、傷つけてはならない。おまえにとっても、そうであろう？」

クックックッと嗚咽《おえつ》に似た声が聞こえたと思った直後——それは、大爆笑へと変わった。

「アーハッハッハ！　ああ、苦しい。こうなった以上、ぜーんぶ、本当のことを話しちゃいますけど……実は僕、ジュリアとはなんの関係もありません。何人も男がいるらしいっていうのも嘘です」

「嘘……だと？」

「貧乏貴族の成れの果ての分際で、僕のような由緒正しい貴族の求婚を断ったんですよ！　そのくせ、王太子殿下相手ならあっさり股を開いて、子供まで孕むなんて……ちょっとした腹いせくらい、当然でしょう？」

ヒューゴーも、ジュリアの無垢で可憐《かれん》な魅力に引き寄せられたひとりだと、信じて疑わなかった。だからこそ、『ジュリアとその子を連れて行くだけで済んだ』という言葉を、そのままの意味で——今もヒューゴーはジュリアを愛していると、受け止めた。

それを、この男は、『腹いせ』と鼻で笑った。

「まさか、あんなに簡単に信じてもらえるとは思わなかったなぁ。ジェイムズ二世陛下にはご褒美までいただけて……だから今回も、ジュリアには役に立ってもらうことにしたんですよ」

「……」

勝手な言い分に呆《あき》れ果《は》て、相槌《あいづち》すら打つ気がなくなったベネディクトに、ヒューゴーは自慢げに語り始めた。

ふたりとも国外、サルダム国まで連れ出すつもりだったという。そして、ふたりの命と引き換えに、ベネディクトには退位を迫る予定だった。

そして次の王が即位するなり、ヒューゴーは首都に呼び戻され、今度は一代限りの准男爵位などではなく、子孫に引き継がれる正式な爵位を賜る約束をしている、と自慢げに話す。

「でも、ここで陛下が死ねば……僕はわざわざ植民地なんかに行かなくて済みますよね？　今なら全部、くせ者の仕業にできる。僕はなんて幸運なんだ！」

「約束した相手はシーマン公か？　それとも息子のリーヴァイ王子か？」

尋ねながら、ベネディクトはクリストファーの腰から静かに模造剣を引き抜いた。

「そ、そんなこと、陛下には関係ありませんよ。それに、ジュリアも悪いんだ。こうなる前に、陛下に頼めって言ったのに、全然言うとおりにしなかった。夫と息子を殺されるのは、僕を蔑ろにした罰だ！」

背後からヒューゴーの銃をかまえる気配が伝わってきた。

ベネディクトは、

「おい！　それは陸軍のパーカッション式リボルバーだな？　続けて撃てるのは二発までだ。新しく雷管を取りつけないと、次は撃てないぞ」

「え？　五連発じゃないのか？　僕はそんなこと、聞いてな……」

ヒューゴーの意識が拳銃に向いた瞬間――ベネディクトは手にした模造剣を、彼の腹部目がけて投げ放った。

子供が持てる重さで先端も尖っていない。どれほどの勢いをつけても、腹に刺さることはないだろうが……飛んできた鉄の塊の直撃を受けては、無傷でいられるはずがなかった。

それも、とくに身体を鍛えたこともない、貴族的なことにしか興味のない優男だ。

「――ぐえっ！」

ヒューゴーは潰された蛙《かえる》のような声を上げ、そのまま、前のめりに倒れ込む。

「クリストファー、怪我はないか？」

無事を問いながらも、ベネディクトの頭の中で、悪魔の告白が何度も何度も繰り返される。

『ジュリアとはなんの関係も』

『何人も男がいるらしいっていうのも嘘』

『子供まで孕むなんて……ちょっとした腹いせくらい』

『あんなに簡単に信じてもらえるとは』

撃たれた左肩が痛い。息をするのも苦しくて、全身の血液が沸騰しそうなほどの痛さだ。だがそれ以上に、六年前のことを思い出すだけで、心臓が切り刻まれるような痛みを感じる。

「……メグが、斬られて……僕、何もできなくて……」

「メグ？　ああ、女官か。彼女は無事だ。もう、大丈夫だ。……大丈夫」

頭が考えることを放棄しようとする。

きちんと考えれば、正しい答えが出てしまうだろう。ヒューゴーの告白が指し示す、六年前の真相――。

「陛下ーっ!!　ご無事ですか!?　クリストファー殿下も、お怪我はありませんね！」

少し前、ベネディクトが駆け下りてきた林から、聞き覚えのある声が聞こえてきた。

川岸に向かって転がり落ちるように飛び出してきたのは、なぜか同行させた覚えもないルーファスだった。

ルーファスはベネディクトの左肩を見るなり、顔を曇らせる。

「ヒューゴーめ！　非力さを補うため、拳銃を用意するとは」

「掠めただけだ、たいした傷ではない。だが……」

川に落ちたヒューゴーの仲間を捕まえるように命じたあと、クリストファーを大聖堂の中で傷の手当を受けているマーガレットのもとに行かせた。

そのあと、ルーファスにヒューゴーの告白を打ち明ける。

「この男、六年前のすべてが嘘だと白状した」

ベネディクトは『だから言っただろう』といった類の言葉が、ルーファスの口から出るのを待った。

しかし、返ってきた言葉は、

「ええ、知っています。ちなみに、ヒューゴーの言葉を裏付ける証人、無関係な第三者がダウジャーハウスの女官長、ケイシー・メリガンで……この男の愛人だということも」

それを聞いた瞬間、ベネディクトは周囲の制止を振り切り、ヒューゴーに近づいた。

回収前の軍用拳銃を拾い上げ、衛兵に腕を掴まれて、立たされたばかりのヒューゴーの額にその銃口を押しつける。

「な、何を……やめてくれ、腹が……腹が、痛い……痛いんだ。どうして、僕が……こんな、こんな目に」

「ケイシー・メリガンはおまえの愛人か？　答えろ」

「ち、違う、もう、別れた……そ、その銃は、撃てない、って」

「いや、こいつは装填《そうてん》に時間がかかるだけで、間違いなく五連発だ。あと三発残っている。ああ、腹が痛いんだったな。ちょうどいい、その腹に撃ち込んでやろう」

ベネディクトが引き金を引こうとした瞬間、ルーファスに手を掴まれた。

「たとえ国王陛下といえども、逮捕した男を撃ち殺してはいけません。二百年前の王とは違うのです。この男は法の下で裁かれるべきだ」

「この男は——父上を、この私を騙し、六年も欺き続けた！　それも……ちょっとした腹いせで、だ。私は……私は、この男のせいで……ジュリアを」

九歳のとき、心を許した女家庭教師はベネディクトから多くのものを奪った。

二度と誰にも心は許さない。結婚も国王としての義務を果たすのみ。女性に対して、愛情を理由に心を許すことなどあり得ない。

それなのに、ジュリアを愛してしまったのだ。

ジュリアの裏切りを知らされたとき、過去を教訓にした誓いを破った罰だと思った。

だからこそ、怯えて震える彼女を悪し様《あ　ざま》に罵り、罪人のように扱った。再会したあとも、娼婦のような辱めを与え、子供を盾に何度も脅した。

すべてがヒューゴーとその愛人、ケイシーのせいだ。

（本当に、そうなのか？　奴らのせいか？　罪は奴らだけのものか⁉　胸を張ってそう言える

か、ベネディクト・ショーン・エディントン‼)

ルーファスに向かってなら、ヒューゴーを責める言葉はいくらでも出てくる。

だが、自分の心に嘘はつけなかった。

「とりあえず、大聖堂の中に戻って、肩の治療をするとしましょう。不幸中の幸いで、死者は出ていませんので……陛下?」

「治療なら王宮で受ける。――馬を借りるぞ。おまえはクリストファーと一緒に、馬車で戻れ」

「いや、ちょっとお待ちくださいい、陛下⁉」

「息子を頼む!」

ルーファスに向かってそれだけは念押しし、ベネディクトは肩の痛みを無視して、土手を駆け上がった。

☆　☆　☆

「王妃様、どうか王宮内にお戻りくださいませ」

王宮の正門から正殿までのアプローチには、五つの門とふたつの橋があった。

万が一、敵に攻め込まれたときの用心のためだ。橋には大きな高低差をつけ、通路も直線だけではなく、大小さまざまなカーブが交ぜてあった。

そのため、正殿前の前庭をジュリアがどれほどうろついても、正門の向こうの様子などわかるはずがない。

それでも、ジッとしていられなかった。

「国王陛下とクリストファー殿下がお戻りになるまで、わたしはここから離れません！」

ジュリアが頑としてそこから動こうとせず、正門の方向をみつめ続けていたとき、銃剣を手にした衛兵が駆け込んできた。

「陛下が……国王陛下の、お戻りです！」

衛兵の背後から、蹄《ひづめ》の音が聞こえてくる。

チラッと見えたのは白い馬体。パレード用に調教されている葦毛《あしげ》の馬は、ルーファスが飛び乗って行った馬と同じ色だ。

戻ってきたのはルーファスではないか、と思ったが……。

黒い軍服姿の男性は、ベネディクトで間違いなかった。

信じられない速さでアプローチを駆け抜け、ジュリアの近くまでやって来る。

彼が手綱を引いて馬を止めたとき、ジュリアはアフタヌーンドレスの裾を持ち上げ、ベネディクトに向かって走り出していた。

ベルスリーヴの袖が揺れ、三段のフラウンスの下に白いストッキングがちらつく。

はしたない格好だが、今はそんなことを気にしているときではない。

「ベネディクト様！　クリスは？　クリスは無事ですか？　ヒューゴー卿が、あの子に何かするつもりだと、女官長が……いえ、ミセス・メリガンが、そう言ってたんです！」

ポロポロと涙をこぼしながら、ベネディクトに向かって必死で訴える。

「あの子を助けて……あの子に、何かあったら……わたし、わたしは……」

ジュリアが彼の胸に飛び込んだ瞬間――。

ベネディクトはふたりの間に隙間もないくらい、しっかりと抱きしめながら答えてくれた。

「大丈夫だ。クリストファーは無事だ。ルーファスに預けてきた。衛兵たちに守られて、間もなく戻るだろう」

「ああ、神様。よかった……本当に、よかった。ベネディクト様、ありがとうございます」

ギュッと彼に抱きつきながら安堵の息を吐いた。

そのときだ。ジュリアは、自分を抱きしめてくれる腕が、右腕だけであることに気づく。

「ベネディクト様？　左腕に……血が⁉」

黒い軍服のせいで見えづらいが、左肩の辺りが裂け、火薬の匂いと錆《さ》びた鉄の匂いを同時に嗅いだ。

ヒューゴーがクリストファーを狙った目的は不明だが、次の王位に関わることなら、ふたりの命を奪ったほうが早いと思ってもおかしくない。

「まさか……ヒューゴー卿が、あなたを？」

「奴が拳銃まで持ち出すとは思わなかったが……いや、かすり傷だ」

ベネディクトの顔色は蒼白《そうはく》で、とても『かすり傷』には見えなかった。

ジュリアは顔を上げ、辺りを見回す。衛兵たちは皆、ベネディクトの命令を待っているらしく、遠巻きに立っているだけだ。

「誰か、ドクターを呼んでちょうだい！　陛下がお怪我を――」

「そんなことはどうでもいい！」

助けを呼ぼうとした声を、唐突に遮られた。

そのベネディクトの声には悲壮感が漂っており、ジュリアは驚きを隠せない。

彼がジュリアに見せてきた感情は、怒りをぶつけて彼女を威嚇するときだけだ。それ以外はすべて、ふたりの間に一枚の板を嵌めたような……近くにいるのに決して寄り添えない、そんな距離があった。

だが、今のベネディクトは――。

次の瞬間、彼はジュリアから手を放し、芝の上に膝をついた。

彼は深く頭《こうべ》を垂れる。それはまるで女王にひれ伏す臣下のような動作で、ジュリアのほうが混乱してしまう。

「六年前――私はカトリーナによって打ちのめされた。王太子という以外、なんの価値もない男だ。そんな私を、若く美しいおまえが本気で求めてくれるわけがない、と」

彼らしくない、小刻みに震える声で告白を始める。

何ごとかと思ったが……。

「だから、ヒューゴーの告白を真に受けてしまった。それでも、すべてに目を瞑り、おまえにひれ伏しそうな自分が許せず、最も残虐な行為でおまえを罰そうとした」

ヒューゴーの名前が出たことで、彼の言わんとすることがわかった。

ほんの数時間前、ジュリアがケイシーによって聞かされた真実を、ベネディクトはヒューゴーの口から伝えられたのだろう。

何もかもが初耳だったジュリアに比べ、騙された挙げ句、偽りの怒りに六年間も振り回されていたベネディクトの衝撃は……きっと彼女の何倍も大きかったはずだ。

「待って、ください……もう、それ以上は……。ヒューゴー卿の告白を、わたしは知らなかったんです。だから、求婚された、と答えてしまって……」

昨日、ヒューゴーとの関係を問われたとき、『自分と結婚したら、ランズベリー男爵家を復活させられる』そう言われたと、答えてしまった自分が恨めしい。

六年間ずっと――王宮に慣れないジュリアの未熟さが、ベネディクトやジェイムズ国王におかしな誤解を与えてしまったに違いない。どうやったらその誤解が解けるのだろう――そんな疑問を抱き続けた。

だがそれは、決して誤解などではなく、悪意によって捻じ曲げられた真実だった。

真実を正しい位置に戻し、嘘を嘘だと証言できるのは、それに気づいたジュリアだけだ。

「ベネディクト様、わたしはヒューゴー卿とも、他のどなたとも、親密な関係にはなっておりません。クリストファーを王家の諍《いさか》いに巻き込みたくなくて、嘘をついたことは幾重にもお詫びします」

「――わかっている」

「必要なら、ヒューゴー卿とミセス・メリガンを訴えます。あなたから息子を奪い、クリスから父親を奪ったこと、わたしは絶対に許せません！」

「だから、わかっている！　あのふたりなら、生きたまま鮫《さめ》の餌にしてやりたいくらいだ！」

そう叫ぶなり、彼は顔を上げた。

その顔には、後悔の文字が刻まれていた。苦渋に満ちたそのまなざしに、ジュリアは思わず手を差し伸べてしまう。

「ベネディクト様……そんな顔をなさらないで。どうぞ、立ち上がってくださ……い」

ジュリアが言い終える前に、ベネディクトは彼女の手を掴んだ。

そのまま自らの額に引き寄せ、祈るように口にする。

「いや、違う。鮫に食わせるべきは……この私だ。どんな理由も、ヒューゴーの悪意に引きずられた言い訳にしかならない。たとえ、百の証人、千の証言があったとしても、私だけは、おまえを信じなくてはならなかったのに」

彼の言葉に後押しされるように、ジュリアは尋ねた。

「六年前、わたしはあなたに憧れていました。カトリーナ様のことで、ただ、少しでもお役に立てればと……それが誘惑に見えて、高潔なあなたに罪を犯させてしまって……そのことで、わたしを恨んでいるのでは？」

「いや、罪を犯したのはそのときではない。おまえの姿を垣間見た瞬間、目が釘付《くぎづ》けになり、時間も止まった。わずか三日前に妻を得たことすら、忘れそうになったくらいに」

言いながら、ベネディクトは彼女の手の甲に唇を押し当てる。

それは貴婦人に対して敬うようなキスで……。

「神に誓って、カトリーナと夫婦になれなかった原因はおまえではない。だが、ことさら神の名を口にして、この身に王太子の義務を忘れさせないようにした理由は……」

彼はジュリアの手をくるりと回し、今度は掌に口づけたのだ。

最も情熱的で、求婚を意味するキスだった。

「おまえを望んでいた。愛しくて、愛しくて、その思いを遂げたいと願った。神との誓いは守らなくてはならない――そう口にしながら、心で妻を裏切っていた」

「それって……わたしの、ことを？」

ベネディクトは小さくうなずいたあと、彼女の手を放した。

「ジュリア、この罪は私だけのものだ。おまえやクリストファーに、許してくれとは言えない。どうか、私を裁いてくれ。どんな罰でも、従容《しょうよう》として受け入れる」

右手を胸の上に置き、ベネディクトは静かに目を閉じた。その姿は裁きを待つ囚人のようだ。

「わたしに、あなたを裁くなんて……」

「退位を求められても従う。こうなることは予想外だったが、今日、大聖堂に赴いた理由は、クリストファーの王位継承権を認めてもらえるよう、大主教に頼むことだった。彼は、国家の安定のためにも、第一王子を王太子にすることが一番よい、と——本当にすまなかった」

彼は正気の沙汰とは思えないことまで言い始め……。

(ああ、ダメだわ。本当に頑なで、適当なところで手を打つことができない人だもの。こうなったら、わたしの口からベネディクト様に罰を与えるしか……)

ジュリアは深呼吸して覚悟を決める。

「わかりました……では」

おもむろに手を伸ばし、裁きを待つベネディクトの前髪に触れ……ジュリアは身を屈《かが》めて、彼の額にそっと口づけた。

そして、極めて厳かな口調で話し始める。

「ベネディクト・ショーン・エディントン——わたしは、あなたの罪を赦《ゆる》します」

「……ジュリア」

「但し、クリストファーの、そしてこれから生まれてくる子供たちの、よき父となってください。さらには、わたしのよき夫として、一生涯の貞操を誓っていただきます」

そう言ったあと、この上なく幸せな涙を浮かべながら、ベネディクトの首に抱きついた。

「愛しています。ずっと、ずっとあなたのことを、愛していました。どうか、この思いは罪ではないと言ってください」

「ああ、罪などではない。ジュリア、愛している。何よりも、誰よりも、心から愛しいと思っている」

ベネディクトは芝の上に腰を下ろし、いっそう強くジュリアを抱きしめてくれた。

やがて車輪と蹄の音がして、クリストファーたちを乗せた馬車が、正門からのアプローチを駆け抜けてきて……。

馬車から降りたルーファスに、『早く手当をしてください！』と叱られるまで、ベネディクトはジュリアを放してくれなかった。

☆　☆　☆

夏の陽射しがキラキラと降り注ぐ中、大聖堂の鐘の音が鳴り響いた。

ジュリアは絹タフタの純白のウエディングドレスに身を包み、ベネディクトに手を引かれて大聖堂の階段を下りる。

プラチナブロンドの髪は形よく結い上げられ、ティアラの代わりに白いオレンジの花とブルースターで作られた花冠をかぶった。

レースのベールが爽やかな風に靡き、ジュリアの美しさを惹き立ててくれる。

「礼拝堂で結婚式を挙げたのに、また、こんな……それに、子供を産んだわたしが、純白のドレスなんて」

花嫁の白いドレスは純潔の証と公言している国教会は、当然のように渋い顔をした。

そこにベネディクトが、花嫁の純潔を奪ったのは花婿に間違いない、と証言して押し通してしまったというのだから……。

「私は嘘などついていない。真実なのだから、なんの問題もないことだ」

彼はジュリアの手をしっかりと握りながら、ぎこちない笑顔を浮かべた。

礼拝堂のときと違うのは、ベネディクトも同じだった。軍服は軍服でも、赤い上衣に下は白のブリーチズ、金の肩章《エポーレット》をつけ、懸章から勲章まで完全装備だ。

国王としての正礼装で即位式のときと同じだという。

もちろん、無効になったカトリーナとの結婚式とも同じだ。今夜行われる結婚披露の大舞踏会と晩餐会は、六年前以上の規模で計画されていた。

「ベネディクト様、傷は痛みませんか？　肩を撃たれて、まだ十日ほどしか経っていません。

やはり、もっとあとのほうがよかったんじゃありませんか？」

あの日、狙われていたのは、クリストファーとジュリア自身だった。

ヒューゴーはふたりを攫って、そのままサルダム国に向かうつもりだったという。ジュリアがいなくなると、ベネディクトに妻はいなくなる。それは、第二王子以降の誕生を阻止する目的だった。

そしてクリストファーは……ヒューゴーの後ろにいる人間は、どうやら自分に人望がないことをよく理解していたようだ。

強引に王位を奪っても、反対派の意見で王座から引きずり下ろされる可能性も大きい。

その場合、クリストファーが手の内にあれば、人気のあるベネディクトの息子を王位に就け、自身は幼い王子の摂政という形で実権を握ることも可能だと計算していたらしい。

ところが、ヒューゴーにそんな計算はできなかった。

目の前に、衛兵も従者もおらず、しかも丸腰のベネディクトが現れ……彼は一度に多くのものを掴もうと、欲を掻《か》いてしまったのである。

「肩は……かすり傷だと言ったであろう」

とたんに怒ったような顔つきに変わってしまう。

少し前までは、本当に怒らせたのだとビクビクしていたが、今は違ってきている。

「はいはい、ベネディクト様。すぐに銃創の手当てをしなかったせいで高熱が出て、ドクター・コーニッシュからお叱りを受けましたが……でも、かすり傷ですものね」

ジュリアはクスクス笑いながら答えた。

するとたちまちベネディクトの顔は憮然としてくるのだ。

「あれは……あのときは……何をおいても、おまえのもとに駆けつけねばと、そう思っただけだ」

「ええ、王の義務より、優先してくださったんですよね。わたしのことを」

反逆者となり果てたヒューゴーを捕らえ、彼に恒久的な爵位を与えると約束した者の名を吐かせることより、ジュリアへの釈明と贖罪《しょくざい》を優先してくれた。

それも、国王である自分の命を盾にして、クリストファーのことを守ってくれたあとで……。

『父上が僕のことを助けてくれたんだ！　ビューンって飛んできて！　拳銃の弾もはじき返したんだ！　模造剣でやっつけたんだよ！』

恐ろしい出来事を経験したはずなのに、クリストファーは興奮冷めやらぬ様子でベネディクトの活躍を何度も話してくれた。

あちこちに多少に脚色はあるようだが、きっと幼い彼の目に、ベネディクトは英雄として映ったことだろう。

「いえ、わたしたちのことを。ヒューゴー卿の告白を聞く前であったのに、あの子を守ってくださって、本当に感謝しています」

繋ぎ合う手にそっと力を籠《こ》める。

階段の下には赤い天鵞絨の絨毯が敷かれ、パレードのために用意された大型四輪馬車《ランドー》までの道を作っていた。

大聖堂前の広場は、ペイトン市民で埋め尽くされている。今日の日を祝うため、新王妃をひと目見ようと詰めかけた人々だ。

「それに……大主教様からも、お言葉をいただきました」

「まさか、ドレスの件で何か言ってきたのか？」

「いいえ、結婚式の件です。礼拝堂で行った結婚式は、本来、六年前に挙げるべきものだった、と。だからクリストファーは嫡男に相違ない、そう言ってくださったのでしょう？」

それもヒューゴーの凶行からクリストファーを守る前——。

「あの日、王妃のわたしも一緒に大聖堂を訪れ、今日の結婚式の打ち合わせをする予定だったんですね。急な体調不良で王宮に残ったため、巻き込まれずに済んでよかった。そう言っていただきました」

「その代わり、ケイシー・メリガンの愚行に巻き込んでしまった」

「あれは……」

ケイシーは若くして未亡人になった。年老いた夫はベッドの中で、その役目を充分に果たすことはなかったという。

甘い誘惑など経験したこともないケイシーが、伯爵家の次男で王太子の側近という十代のヒューゴーからベッドに誘われたのだ。夢中になっても無理はない。彼女は王宮で過ごしたほとんどの年月を、年上の愛人という日陰の立場でヒューゴーに尽くした。口では『妻になんてなれない』と言いながらも、求婚される日を夢見ていたに違いない。少なくとも、王宮を出て、屋敷のひとつも与えてもらい、愛の巣を持ちたかっただろう。

だが、ヒューゴーにとって彼女は、ただの踏み台にすぎなかった。

それでも一年前までは、王妃のお気に入りであり、王宮の女官長という役職に利用価値があったのだと思う。それもなくなり、ダウジャーハウスの女官長となった彼女を、ヒューゴーはあっさり切り捨てた。

それもこれも、ジュリアが王妃になったから。

そのせいで、サルダム国に飛ばされるから、ケイシーとも別れなくてはならない。

ヒューゴーから切り出された別れの言葉に、彼女は我を失った。

「あの女のせいで、母上までも苦しめてしまった。それなのに、ルーファスの助言で吊るし首にもできんとは」

たしかに、王太后はショックを受けてしばらく寝込んでいた。だが、ジュリアがクリストファーを連れて見舞いに行くと、

『ああ、なんということでしょう！　ベネディクトの幼いころと同じ顔をしているではないの。

よけいな言葉に惑わされず、お顔を見に行けばすぐにわかったものを』

後悔よりも感動のほうが大きかったらしい。王太后はあっという間に元気を取り戻した。

ここ数日は、別館に顔を出すのが王太后の日課になっているという。

そしてケイシーだが……。

彼女は急性躁病《そうびょう》と診断され、精神病患者が収容される王立病院に送られたと聞いた。監獄とどちらがましか、ジュリアには選べそうにない。

だが絞首台と比べるなら……まだ、いくらかはましだと思いたい。

「このたびの慶事で、軽微な罪には恩赦を与えたのでしょう？　すべてが明らかになったのですから」

「赦されざる罪もある」

「わたしもあなたの罪を、赦すべきではなかったのかしら？　もっと重い罰を与えなくてはいけませんでした？」

「……おまえが、罰を望むなら」

ジュリアがそう呟くと、獅子《しし》のように勇ましいベネディクトが、借りてきた猫のようにしゅんとしてしまう。

「では、罰として……わたしにキスしてくださる？　ペイトン市民の前で、わたしが国王陛下の最愛の妻だとわかるように」

頬を薔薇色に染めながら、ジュリアはキスをねだった。

するとベネディクトは色づいた頬に軽く口づけ……広場からワッと歓声が上がる。

ジュリアはドキドキしながら、彼の顔を見上げた。すると、その頬はジュリアに負けないくらい赤く染まっていて……。

「これで、おしまいですか？」

「いや、まさか」

言うなり、彼はジュリアの腰を抱き寄せ、唇を重ねてきた。

市民たちから広がるやんやの喝采に、ふたりに口づけはしだいに熱を帯びてくる。唇を開かされ、甘い吐息とともに舌先まで入り込んできて……。

どれくらい経っただろうか、背後から、大主教の咳払いが聞こえてきた。

「国王陛下、王妃殿下、ここは大聖堂の前です。ほどほどに――わかりますね？」

「はい、おっしゃるとおりです」

ベネディクトは真面目な顔で答えたあと、

「この続きは馬車に乗ってからだ。もっともっと愛する妻だと、皆に証明しなくてはな」

蕩けるような声でささやいた。

その言葉に、ジュリアは耳まで赤くする。永遠の愛を誓い合ったふたりの頭上には、祝福の光がいつまでも降り注ぐのだった――。

エピローグ　蜜なる夜

大聖堂での結婚式から約二ヵ月後——。

ヒューゴー・オニオンズは准男爵のまま、サルダム国行きの船に乗ってエクランド王国を出発した。

というのは表向き、実際、彼が乗せられたのは監獄船の類だったと聞く。

二ヵ月もかかったのは、裏で彼を操っていたオーガスタス・ウィンストンを逮捕するためだ。

しかし、ヒューゴーは誰が想像したより、ずさんな男だった。オーガスタスの依頼だという証拠は一切残しておらず、彼の証言だけでは王族を裁くに至らなかったのである。

とはいえ、社交界の噂は何より厳しく、オーガスタスをはじめとしたシーマン公爵家の人間は、二度とペイトン市の社交界に顔を出すことはできなくなった。

そして、季節は初秋へと移り、ベネディクトとジュリアのふたりは、クリストファーを伴って新婚旅行に出発した。

　行先はランズベリー男爵領。

　途中、グリーンタウンに立ち寄り、タバサ・コーニッシュと顔を合わせた。約五ヵ月ぶりの再会に、タバサもとても喜んでくれたのだった。

『そんなことだろうと思ったわ。いえいえ、思っておりました。あらあら、どうしましょう。私ったら、王妃様に肩を揉ませてしまったわ』

　明るいタバサにつられ、ベネディクトも声を立てて笑う。

　その後、クリストファーの希望もあって、彼はグリーンタウンに残ることになった。もちろん、ひとりでは置いていけない。クリストファーの世話は、同行していたルーファスに任せることになった。

（ベネディクト様の本心は、ドクターがタバサとゆっくり過ごせるように、と思ってのことに違いないわ）

　横暴な君主に見えて、ベネディクトがとても周囲に気を遣っているのがよくわかる。

　使用人や衛兵の半数をグリーンタウンに残し、ランズベリー男爵領へは比較的少人数で向かうことになった。

　結婚と同時に、男爵領の管理者は隣接する大貴族から王家へと変更された。そう遠くない将来、ジュリアが産むであろう第二王子以降の男子に継承されると聞き、ジュリアはホッと胸を撫《な》で下ろす。

領地を出て、もう七年近くになる。感慨に浸りながら、領主館に足を踏み入れたとき、ジュリアは驚きに目を見張った。

築二百年以上経つ領主館は、三階建ての立派な建物だった。舞踏会もできる広間《サルーン》や吹き抜けの大広間があり、立派な図書室や画廊、紳士向けに撞球室《どうきゆう》や喫煙室もある。寝室の数は来客用から家族用、使用人用の大部屋も合わせて三十あまり。地方の男爵家にすれば充分な規模だろう。

初代、二代目の辺りまでは、ハウスパーティも頻繁に行われていたようだ。

だがジュリアの記憶では、七代目の父がパーティを行ったことはなく、せいぜい母が茶会を催す程度だったと思う。

それもそのはず、半分ほどの部屋は使いものにならず、雨漏りで屋根が落ちそうな箇所もあり、踏み抜いてしまった床板の数は数えられないくらいだった。

その屋敷が七年近くも放置されていたのだ。

ベネディクトから新婚旅行は男爵家の領主館で過ごそうと言われたとき、ジュリアは幽霊屋敷のようなものを想像して断った。

するとベネディクトは、この二ヵ月で領主館を見違えるほど改装してくれたのである。

広間に入ると、床板は真《ま》っ新《さら》なものに張り替えられていた。その上から蜜蝋《みつろう》がまんべんなく塗られ、このまま舞踏会ができそうなほど艶々している。窓ガラスも割れたところはひとつもなく、壁紙も新品だった。

「ありがとうございます、ベネディクト様。きっと、父も母も喜んでくれるでしょう」

「礼は半分でいい。残念ながら、改装が終わったのは母屋だけなんだ。寝室のほうまでは間に合わなかった。私たちは暖炉のある居間で休めるが、他の者は教会や町の宿屋に泊まってもらうことになる」

それは、とくに『残念』なことではなく——ふたりは初めての〝ふたりきりの夜〟を、領主館で過ごすことになった。


居間の暖炉が明々と燃えている。

夜になれば初秋でもこの辺りは暖炉が欠かせない。思えば、子供のころから父の手伝いをして、森で薪用の枯れ枝を拾い集めたものだ。タバサの家にも、王宮にも暖炉はあるが、領主館の暖炉の明かりは、ジュリアにとって懐かしい温もりだった。

その暖炉の前に、水色の天鵞絨が張られた長椅子《カウチソファー》が置かれていた。

我が家では一番大きな長椅子だ。座面いっぱいにリネンが敷き詰められ、そこが、今宵《こよい》のジュリアのベッドになるという。

「主寝室の改装中に、屋根が落ちそうだとわかったらしい。さすがに数日で済む改装ではないからね。明日にはこの部屋に主寝室のベッドを運んでもらう」

長椅子の下には毛の長い絨毯が敷かれていた。

何かのときのために、王宮から運んできたものだ。ベネディクトは絨毯の上に腰を下ろすと、ずいぶん柔らかくなった笑顔をジュリアに向けた。

「まあ、主寝室のベッドを？　それは大変でしょう」

「どうだろうな。どちらにせよ、屋根の修理中はすべての家具を運び出すそうだ。置き場を考えたら、母屋に運び込むことになる」

「そうなのね。でも、全部なんて……やっぱり大変だわ」

先祖代々の家具や調度品とはいえ、価値あるものはすでに売却済みのはずだ。残っているのは使い古したものばかり……。

ジュリアは職人たちに感謝の気持ちを伝えなくては、と思いつつ――。

暖炉の火で温めたミルクをカップに移し、ラム酒を少しだけ注いだ。その中に蜂蜜を入れ、丁寧にかき混ぜたあと、ベネディクトに手渡した。

「蜂蜜入りのホットミルクなの。小さなころから、寒くて眠れないというと、母が暖炉で作ってくれたのよ。父にはラム酒を数滴垂らして……」

寒い夜の思い出は他にもある。たくさんの部屋は暖められないからという理由で、ひとつの部屋、ひとつのベッドで三人一緒に眠った。ジュリアが大きくなり、ひとり部屋をもらったあとも……。今夜は寒いから、羽虫の音が怖いから、そんなたわいのない理由をつけ、両親のベッドに潜り込んだことを思い出す。

ベネディクトの横に座り、ラム酒の入っていないホットミルクに口をつけた。

蜂蜜の甘い味わいが、ここまでの旅の疲れを癒やしてくれる。

今夜のジュリアは、新婚旅行のために用意した、クリーム色のナイトドレスだけを身につけていた。柔らかな綿モスリンの生地がジュリアの肌を包み込む。

頭を軽く振ると、銀色の髪がふわりと肩から滑り落ち、背中から腰までを、しどけなく流れていった。

「……甘い」

「蜂蜜は入れないほうがよかった？」

「いや、そんなことは……これは、山羊のミルクかい？」

「ええ、この辺りはヘームスケルク公国に近いから……。あの、カトリーナ様のこと、まだ怒っているの？」

ベネディクトは受けた屈辱を簡単に忘れたり、赦したりしない性格だ。カトリーナを嫌うあまり、山羊のミルクは飲みたくない、と言い出すような子供っぽいところもある。

するとベネディクトはフッと頬を歪め、

「カトリーナ……ああ、あのカトリーナか。別に、私とは無関係な女だ。それに、もう公女でもない」

「公女じゃないって、どこに嫁がれたんですか？ 護衛官と駆け落ちしたんですか？」

「驚くな、ジュリア。──カトリーナは、ベネディクトはさらに驚愕《きょうがく》の事実を教えてくれた。

そのことだけで充分に驚いたが、ベネディクトとの婚約期間を五年も引き延ばす間、なんと、極秘で子供を産んでいたのだ。一度は覚悟を決めてエクランド王国に嫁いできたものの、戻りたくて仕方がなかった本当の理由は、子供の存在だったらしい。

その後、ベネディクトとの婚姻を無効にしたものの、次の政略結婚の相手を打診され、とうとう子供の父親、護衛官の男性と逃げたという。

ヘームスケルク公国の大公はカトリーナから公女の称号を取り上げ、公国内における権利や財産を没収した。現在は、所在も不明だと聞き……。

「あのカトリーナ様が……お可哀そうに」

「可哀そう？ 愚か者の間違いではないのか？ 婚約者のいる身で他の男の子を産み、無垢なふりをして大聖堂で結婚式を挙げるなど、厚かましいにもほどがある！」

「ベネディクト様、人は愚かであやまちを犯すものです。カトリーナ様はすべてを捨てて、愛を選ばれたのですから、もうこれ以上、責めるべきではないわ」

ジュリアはカップを横に置き、ベネディクトに向かって身を乗り出していた。

するといつの間にか彼のガウンの前がはだけ、逞しい肌が露になり……。ジュリアがナイトドレス一枚だけしか着ていないように、彼はガウンしか羽織っていないようだ。

琥珀色《こはくいろ》の炎が彼の素肌をいっそう艶めかせ、ジュリアは目が離せなくなる。

「ジュリア、そんな目で見るものではないよ」

「そんな目って？」

「それは……ああ、認めよう。人は、愛の前ではとんでもなく愚かになる。この私もたくさんのあやまちを重ねてしまった。もし、カトリーナが過去の罪を心から悔いて、私に助けを求めて来たときは――寛大な心で彼女を赦そう」

彼は右手を掲げ、誓いの言葉よろしく、ジュリアに向かって宣言する。

それは、本心からの言葉というより、説教めいたことを口にするジュリアを黙らせるために違いない。

「ベネディクト様も、愛の前では愚かになるの？」

「ああ、なるよ。そのことは、おまえが誰よりも知っているはずだ」

彼は答えながら、キスでジュリアの唇を塞いだ。ミルク味の口づけの中に、ラム酒の香りがして、ジュリアは目の前がクラッとする。

「私がどれほど愚か者か証明したいのだが、残念だな……この長椅子では、私たちふたりで使うと壊してしまいそうだ」

「そんな……長椅子でなくても、あ、いえ」

思わず、心の声を口にしてしまい……ジュリアは恥ずかしさに慌てて口を閉じた。

「ん？　ベッド代わりの長椅子を使う必要などない？　ああ、なるほど。では、この絨毯の上で愛し合うことにしようか。なるべくお行儀よく、床が抜けない程度に」

「ち、違います。あ、愛し合いたいのは、違わないけど……でも、そんな……床が、抜けるほど……は、激しくなんて、しません」

「本当に？」

ベネディクトはジュリアから離れて絨毯の上で胡坐を掻き、甘やかな笑みを浮かべる。

（やだ、もう、ベネディクト様ったら。昔は堅苦しくて、本当に求めてくださっているのか、わからないくらいだったのに……今は、こんなに素敵な笑顔で）

頭の中がベネディクトの蠱惑的《こわくてき》な笑みでいっぱいになったとき、彼は思わせぶりに手を差し出した。

「おいで、ジュリア。ふたり一緒に、愚か者になろう」

名前を呼ばれた瞬間、吸い寄せられるように彼の手を掴んでいた。

そのまま抱き寄せられ……気づいたときには、ベネディクトの膝の上だった。

「私の妻が、世界一美しいことは話しただろうか？」

耳元でささやかれ、鼓膜が痺《しび》れるように震える。

ドキドキしながら彼の肩にソッと手を回し、

「いいえ……聞いたこと、ないわ」

ベネディクトの青い瞳をみつめたまま、彼の誘惑に応えるように首を振ってみる。

すると彼は、

「貴婦人が憧れるモーヴの色をした瞳も、雪のように清らかな髪も、マグノリアの花の精を思わせる愛らしい笑顔も……私の心を捉えて離さない」

言い終えるや否や、ジュリアから唇を奪った。

燃え上がるような熱を感じる。その熱に唇が溶かされ、隙間から舌を挿入された。それはまるで口腔《こうこう》内を蹂躙《じゅうりん》するかのように暴れ回り、恐ろしいほど威圧的で……そして情熱的だった。

唇が離れた瞬間、唾液が銀糸のようにふたりの間を繋ぐ。

ジュリアが身をよじったとき、彼の指がナイトドレスの襟にかけられた。

ゆっくりと引き下げられていく。しだいに、胸の辺りに束縛を感じなくなり……あっという間に、真っ白な双丘がベネディクトの目に晒されたのだった。

彼はその先端に唇を押しつけ、ちゅうぅっと音を立てて吸い上げる。

「やっ……あぁ……」

ジュリアの身体全体に指を這《は》わせ、そのまま、ナイトドレスを脱がせていった。

王宮の前庭であらためて求愛されて以降、ベネディクトの愛撫は信じられないほど優しいものに変わった。それも執拗に、火照った肌を隅から隅まで何度も撫《な》で回《まわ》し、ジュリアをより高みへと押し上げようとする。

胸の先をねぶりながら、彼の手は下腹部へと進む。ほんのわずか、脚の間に滑り込ませた指が淫芽に触れ――。

その瞬間、ジュリアの躰は教え込まれた官能にヒクついた。

トロリとした液体に続き、愛液が飛沫となって蜜窟の外へと溢れてしまう。羞恥の中、彼の指をしとどに濡らした。

「この、感じやすい躰も愛しくてたまらない。ああ、ジュリア……おまえは神が造りたもうた至高の女性だ」

ジュリアを絶賛しながら、彼は抱きついてくる。

「ベネディクト様も……最高の、いいえ、完璧な男性だわ」

手を伸ばして彼の頭を抱きしめようとすると、ベネディクトはするりと抜け……そのままジュリアの裸身を下へとたどっていった。

「愛するジュリア。王宮では、国王の威厳を捨てるわけにはいかない。だが、このふたりきりの館なら……私はおまえの前にひれ伏そう」

彼はジュリアのつま先に平伏すると、そのまま足の甲に口づけたのだ。

服従のキスを受け、ジュリアは驚きの声を上げる。

「ベネディクト様⁉」

「私は今宵、おまえの夫であり、愛のしもべ――。さあ、奥様、なんなりとご命令を」

彼の態度にジュリアは頬を赤らめつつ、気になっていたことを口にする。

「わたしだけ……裸なんて、ずるいわ」

「では、どうぞ、お好きなように」

ベネディクトは絨毯の上に座り込み、両手を広げでジュリアの決断に委ねる。

「どうすればいいの？」

「ずるいのだろう？　なら、私からこのガウンを剥ぎ取ればよい。おまえ自身の手で、さあ、どうぞ」

剥ぎ取るも何も……ガウンには腰紐すらついておらず、半分以上、脱げてしまっている。

ジュリアがガウンの下にそっと手を入れ、その素肌をなぞるだけで、逞しい裸体を隠すものは何もなくなった。

女性とは違う肌の硬さ、筋肉の厚みを指先でじっくりと堪能する。

触れているだけなのに、ジュリアの鼓動は全速力で走ったときのように荒々しくなっていく。

先ほど、ほんの少し触れられただけ濡れてしまった部分が、今度はジワジワと熱くなり……とうとう内股にヌメリすら感じ始めた。

これではまるで、自分ばかり興奮しているみたいだ。

（ああ、恥ずかしい。もう、ダメ……わたしばかり、こんな……ベネディクト様にも、乱れてほしいのに）

そう思ったとき、ジュリアは視線をさらに下に向けた。

黒い茂みの中に一匹の蛇が横たわって見えた。それが、ジュリアの視線を感じるなり、鎌首をもたげ始める。

「ベネディクト様に……触れてみたい」

胸に浮かんだ言葉を口にしたとき、彼が息を呑むのが伝わってきた。

「ご、ごめんなさい。はしたないことを、言ってしまって……」

「いや、そうではない。遠慮はいらない。ただ、男のいちもつは、見た目より繊細なのだ。優しく頼む」

ベネディクトは意外にも顔を赤くしながら応じてくれた。

恐る恐る手を伸ばすと、それは想像以上に硬く、ちょうど料理に使うのし棒のような太さだった。

ジュリアが撫でると、ピクンピクンと小さく痙攣し……先端から雫《しずく》をこぼし始める。

「あっ……くっ……ふぅ……」

彼の口から断続的に吐息が漏れてきて、

「ああ、ごめんなさい。強かったかしら？　もっと、優しく？　それとも、もっとこんなふうに撫でたほうが」

ジュリアは言葉にして尋ねながら、同時に手も動かす。

指先で周囲をなぞるようにしたあと、少しだけ力を籠めて握ってみた。片方の手で茂みに触れ、裾野にある柔らかな塊をみつけ……そうっと手で包み込む。

「待て、ジュリア……もう、充分だ。それ以上、優しくされる、と……あぅっ！」

慌てて制され、ジュリアが手を止めた瞬間——ベネディクトの情熱が大きく戦慄《わなな》き、ビュクビュクと白濁を噴き上げた。

ジュリアの両腕と太ももに、彼から放たれた液体がまき散らされる。

熱さはなく、見た目は、搾りたての山羊のミルクに似ていなくもない。

試しに、舐めてみようかと思ったとき、ベネディクトが大慌てで、ガウンを手にジュリアの肌から白濁を拭い始めた。

「すまない。こんな……いつもは、ここまでみっともなくはないんだ。だが、おまえの手はあまりに柔らかくて、心地よくて……言い訳にしかならないが」

「いつも？　ベネディクト様は、他の女性のしもべになったこともあるんですか？　六年はとても長いから、仕方のないことかもしれませんが……でも」

「何を馬鹿な……ああ、いや、馬鹿ではなくて……」

彼はとたんにアタフタとし始め、ジュリアの手を取り、白濁を拭いながら答えた。

「知ってのとおり、私はカトリーナの夫としての役目を果たせなかった。それだけではない。父から与えられたどんな女にも、私の男根は凍りついたようだった。息絶えた私に、命を吹き込んでくれたのは……ジュリア、おまえだけだ」

ジュリアの手の内に吐き出して、いったん萎えたように見えた彼自身は、あっという間に情熱を漲らせていく。

下腹にピタリと張りつくまで昂り、ベネディクトは大きく息を吐いた。

「まったく、なんと節操のないことか」

彼らしくない嘆きの声に、ジュリアの胸は安堵に包まれる。

「節操がなくてもかまいません。いつまでも、わたしだけのあなたでいてください。そのほうが嬉しい……いいえ、そうでなくては嫌です」

「ああ、もちろん、約束しよう。私の心も下半身も、すべてジュリアだけのものだ」

彼の言葉が嬉しくて……すぐにでも結ばれたくて堪らなくなる。

そんな彼女の思いは、まなざしや仕草でベネディクトにも伝わったらしい。

「おまえのほうから求めてくれるなんて、とても嬉しいが、急いではいけない。まず、そうだな……わたしの上に跨《またが》ってごらん」

「ま、またが……あ、脚を、開いて、跨るなんて？」

すぐに横になるよう言われるとばかり思っていた。

ベネディクトの要求は思いがけないことで、だが、彼の上になる、ということに、ジュリアの心は小さく舞い上がった。

（まあ、国王様の上になんて、畏れ多い……でも、ちょっと素敵）

自ら脚を開くことに少しだけ抵抗を覚えつつ、ジュリアは彼の腰を思いきって跨《また》いだ。

すると、無防備に開いたままの場所にベネディクトの指が伸びてきて……しっとりと濡れた部分を、クチュクチュとまさぐり始めた。

「ああっ！　あんっ、やぁっ、ベネ……ディクト様ぁ、それ、やぁっ」

「嫌がってはいけないよ、ジュリア。私を求めてくれるのだろう？　充分にほぐして、柔らかくしてから挿入しなくては――ああ、そうだ」

彼は何ごとか思いついたらしい。

指でジュリアの躰を弄《いじ》りながら、スルスルと身体を下にずらしていった。

わずか数十秒後、どうしたことか、ジュリアは彼の腰ではなく、顔を跨ぐ格好になっていたのである。

「べ……ベネ……ベネディ……あ⁉」

「これは、大変よい眺めだ。そうだろう、ジュリア？　しもべとして、奉仕するのに最適な格好だと思わないか？」

「そ、それは……そんな、そんなこと……ああ、どうして、やっ……あ、あ、あぁっ」

ジュリアが答える前に、左右の太ももを拘束するように掴まれ、自然に腰を落とす格好にさせられていた。

濡れそぼつ絹糸のような茂みと、淫芽を隠した花びらを、彼の唇に押しつける格好だ。

腰は上げたくても上げられず暖炉の炎に照らし出されながら、ジュリアは口淫を受けていた。

「ジュリア、おまえがどうしても嫌だというなら、口で愛するようなことはしない。指でまさぐるのと、舌で舐めながらほぐすのと、どっちがいい？」

躰の真下からベネディクトの声が聞こえてくる。

吐息で熱くなった部分を刺激され、官能に引きずられるようにして、ジュリアの太ももはプルプルと震えた。

「……し、舌で、舐めて……くださ、い」

「望みのままに」

ピチャピチャと音を立てて、ベネディクトはあの部分を舐め啜った。淫芽の周りを舌で包み込むようにして、吸いつき、新たな刺激を加えてくる。

それは思い描いていた以上の快感で、立て続けに押し上げていく。

ジュリアが倒れそうになったとき彼はサッと愛撫をやめ、身体を元の位置に戻したのだった。

「もう……ベネディクト様ったら。あなたのことも、気持ちよくして差し上げたいのに、すぐ

に、わたしばっかり」

「嬉しいよ、ジュリア。だが、おまえの悦びが、私にとっては至福の悦びなのだ」

「わたし、あなたと、ひとつになりたい」

ジュリアは彼の目をみつめたまま、手探りで昂りを下腹から引き剥がした。そして、その上にゆっくりと腰を下ろしていく。

ひと息に奥まで受け入れたいのに、なかなか、入り口部分を突破することができない。

(は、初めてでも、ないのに……どうして?)

ジュリアは必死で腰をくねらせ、なじませるようにして挿入しようとした。

「本気よ。本当に心から、ひとつになりたいの。わたしが愛しているのはベネディクト様だけで、六年前からずっと、変わらずに愛しているのに」

ベネディクトは騙されながらも、ジュリアを王妃にしてくれた。

もしあのとき、ジュリアが挫けずにベネディクトへの愛を主張していたら、彼はその場でヒューゴーらの嘘を見抜いてくれたかもしれない。

もっと強くなりたい。

与えられる愛を待つだけでなく、自ら愛を与え、さらには掴み取りに行くような……たとえ嵐がきても、どんな邪魔が入っても、揺るがない愛情を示す存在でいたい。

そのとき、温かな唇が額に触れた。

「ジュリア、わかっている。大丈夫だ。ほら、ガチガチになっているぞ。力を抜いて、私の膝に座り込むつもりで、腰を落としてみなさい」

彼の優しいキスに落ちつきを取り戻し、ジュリアはごく自然に腰を落とす。ツプンと昂りが躰に刺さり、そのまま、奥深くまで貫いた。

「あっ……んっ」

ひとつになることは、なんて素晴らしいことだろう。

もとはひとつの身体だったのが、この世に生まれてきたとき、離れ離れになったかのように思える。

ベネディクトの雄身を胎内に収め、ジュリアはわずかに腰を揺らした。

緩々と動かすたびに、彼は小さく蠢《うごめ》き――それは言葉にできない幸福だった。

「愛している……愛しているよ、ジュリア。おまえは私の命だ」

「わたしも、あなただけ……心から、愛しています」


決して、叶うはずのない恋だった。

人目を忍び、息を潜めるようにして始まった罪なる恋は……六年の刻を経て、結ばれたのである――。

あとがき

こんにちは、御堂志生です。
本作で蜜猫文庫さん四冊目となりました。それもこれも、こうして手に取ってくださる皆様のおかげです。

今回はですね……シークレットベビー&鬼畜系ヒーローで攻めてみました！
個人的に大好きな設定です。でも、暴言三昧でヒロインをいじめ過ぎると、ウェブで連載していたときに、読者様からけっこう叱られましたからねぇ。それもあって、商業作品ではわりと控えめに……ええ、これまでの作品はけっこう控えてたんですよ、アレで（苦笑）
でも、今回は思いきりいってみようかな～ということで、ヒーローの国王陛下……かなり無茶しております。
これまでの最高（最悪？）は、同じ竹書房さんから出していただいた「エリート弁護士は不機嫌に溺愛する」のヒーロー聡。でもあれは書き下ろしじゃなくて、ウェブ作品を書籍化してもらったもの。もし書き下ろしだったら、絶対にゴーサインが出なかっただろうなぁ、というくらい鬼畜系のヒーローでした。

でも本作の国王陛下は、多少なりとも同情の余地はあるかも……。

とにかくうちのヒーローはクソ真面目な男が多くて、ヒロインが好き過ぎてお馬鹿になる、というのがデフォルト設定。もちろん国王陛下もそのタイプです。

しかも、主人公には試練を与えるのが大好き、という鬼畜な作者もおりまして……最初の結婚初夜はきつかっただろうなぁ、と。そのあと、父王や大主教に呼び出されて、閨の真相を告白させられるなんて……。本音を言えば、そのシーン書いてみたかった！（↑おいっ）

どこかで書いたかもしれませんが、私は基本的にヒーローの心境で執筆しております。

もちろんヒロイン視点の三人称のほうが多いので、ヒロインの心境も追いかけてはおりますが、なぜかヒーローのほうがリンクしやすいんですよ。ですから、真実を知ったときの国王陛下の心境……いや、もう、苦しくて、切なくて、ＰＣの前で号泣しておりました。

本当は、執筆中に感情移入し過ぎて泣くのはＮＧらしいんですけどね。ダメですねぇ、ふと気づくと泣きながらキーボードを連打してる自分がいます。

でも前作は違いました。「逃亡花嫁は海軍士官の王子様につかまえられました」は、ヒロインのサラちゃんとリンクすることが多かったです。ええ、そのせいかヒーローそっちのけでヒロインが活躍（暴走ともいう）してましたけど（苦笑）

今回のヒロイン、ジュリアは五歳児の母なので、その点は書きやすかったかな？

できれば六年前のシーンをもっといっぱい書きたかったかも。可愛いジュリアちゃんに悶々とし続けるＤＴの王太子殿下……ああ、楽しそう。でも、それだとホットなシーンにたどりつけないし、そもそも文庫一冊では終わりませんよねぇ。

イラストは旭炬先生に描いていただきました。本作で二作目、前回は現代ものだったので、今回は初ヒストリカル！　嬉しいですっ!!

旭炬先生、本当にありがとうございました。

私にとって、本作が平成最後の作品になりました。

ずっと応援してくださっている読者の皆様、メールで話を聞いてくれる物書き仲間のお友だち、ご迷惑をかけっぱなしの担当様や関係者の皆様、それと、黙って家事を手伝ってくれる家族に――本当にありがとうございました。令和になっても頑張ります!!

最後に、この本を手に取って下さった“あなた”に、心からの感謝を込めて。

またどこかでお目に掛かれますように――。

御堂志生

Mitsuneko Label

蜜猫文庫をお買い上げいただきありがとうございます。
この作品を読んでのご意見・ご感想をお聞かせください。
あて先は下記の通りです。

〒102-0072　東京都千代田区飯田橋 2-7-3
(株)竹書房　蜜猫文庫編集部
御堂志生先生 / 旭炬先生

国王陛下は最愛の令嬢と息子に癒やされたい

2019年4月29日　初版第1刷発行

著　者　御堂志生
©MIDO Shiki 2019
発行者　後藤明信

発行所　株式会社竹書房
〒102-0072 東京都千代田区飯田橋 2-7-3
電話　03(3264)1576(代表)
03(3234)6245(編集部)

デザイン　antenna

印刷所　中央精版印刷株式会社

乱丁・落丁の場合は当社までお問い合わせください。本誌掲載記事の無断複写・転載・上演・放送などは著作権の承諾を受けた場合を除き、法律で禁止されています。購入者以外の第三者による本書の電子データ化および電子書籍化はいかなる場合も禁じます。また本書電子データの配布および販売は購入者本人であっても禁じます。定価はカバーに表示してあります。

Printed in JAPAN
ISBN978-4-8019-1846-7　C0193
この作品はフィクションです。実在の人物・団体・事件などには関係ありません。

小国の王女である李寧寿は、煌曄国の皇帝に嫁ぐことになった。数多くの女人を擁する後宮を持つ皇帝のこと、ただの人質代わりだと思っていたが、現皇帝、曄玉藍には寧寿以外の妃はいないと言う。話すうち過去に面識があったことがわかり、玉藍は寧寿に執恋する「もっと悦くしてやる。そなたを私に夢中にさせねば気が済まぬからな」美しく精悍な玉藍に溺愛され、求められ翻弄される日々。玉藍は寧寿を正妃にすると言い出し—!?